我在德令哈数星星

崔吉俊 —— 著

敦煌文艺出版社

图书在版编目（CIP）数据

我在德令哈数星星 / 崔吉俊著. -- 兰州 ： 敦煌文艺出版社，2020.3（2022.1重印）
ISBN 978-7-5468-1879-5

Ⅰ. ①我… Ⅱ. ①崔… Ⅲ. ①诗集－中国－当代
Ⅳ. ①I227

中国版本图书馆CIP数据核字（2020）第048822号

我在德令哈数星星

崔吉俊 著

责任编辑：张　桐
装帧设计：郝　旭　李关栋

敦煌文艺出版社出版、发行
地址：（730030）兰州市城关区曹家巷1号新闻出版大厦
邮箱：dunhuangwenyi1958@163.com
0931-8773084（编辑部）
0931-8773112　0931-8773235（发行部）

三河市嵩川印刷有限公司印刷
开本 710 毫米×1000 毫米　1/16　印张 21.5　插页 2　字数 160 千
2020 年 5 月第 1 版　2022 年 1 月第 2 次印刷
印数：1 001~3 000

ISBN　978-7-5468-1879-5
定价：65.00 元

目 录

第一辑

我在德令哈数星星

暗物质，你在哪里？

遥远，
无法想象的遥远。
大概在 150 亿年前，
那个点轰然爆炸，
你在一片混沌中剧烈碰撞，
于是有了生命，有了躯体，有了情感。

我想认识你，
你推出太阳，推出月亮，
推出星系，推出黑洞和虫洞，
推出百分之五的宇宙让我观看，
羞答答遮住自己半张脸面。

我想寻找你，
你却像幽灵一样时隐时现。
你来去无踪穿透一切障碍，
不曾留下任何路径和痕迹，
似魔影，似梦幻，似见非见。

有人说，

你不发光，不带电，
本是隐身之体，难测难辨。
有人说，
你孤僻自傲，孑然一身，
不反应，不作用，形只影单。
有人说，
你寿命长，不言老，
无忧无虑游荡在天地之间。
有人说，
你质量大，"晕"层厚，
紧紧裹住宇宙中巨大的星系和星系团。

其实，我离不开你，
因为你伴我从远古走到今天；
其实，你我都是宇宙的子孙，
见证彼此的早年和壮年。
终将有一天，
你会俯首帖耳，告诉我
过去、现在和未来的一切谜团与答案。

探寻你，科学家殚精竭虑，
推测，计算，设计，实验，
不惜"得罪"牛顿和爱因斯坦，
甚至动用卫星，飞船，国际空间站。

不怕你隐入地下，
这里早布下密致的靶标，
等你自投罗网，束手就范。
不怕你深居简出，
我有大型对撞机，加速器，
照样"创造"出你的同宗伙伴。
不怕你改头换面，
正好观测你的碰撞、湮灭和衰变，
抓住你产生的正粒子，反粒子，
抑或高能电子和伽马射线……

穿过我的高能谱天网，
你会留下方向、能量和大小，
露出你的形态，显现你的身段；
捕获你的儿子，便找到祖宗，
从而识别你的年龄和籍贯。

等着，那一天，那一刻，
我们彼此见面，
你不再隐藏，不再周旋。
告诉我亿万年的独往独来，
告诉我宇宙如何起源与演变。

我期待握住你的手，
那只主宰宇宙命运的手；
我期待捧起你的脸，
那张神秘而冷峻的脸。

2015 年为"悟空"号
暗物质粒子探测卫星发射成功而作

巴音河边遇到海子

今夜，我分外惊喜，
巴音河边遇到海子。
我暗自感叹，
原来德令哈蕴藏着精美的诗句。

巴音河似乎停止了流淌的脚步，
靠近我，窃窃私语。
蓝天，白云，
夜空，星光，
静静地聆听诗人无声的哭泣。

远处的湖水烟波浩渺，
水鸟停止了飞翔；
辽阔无际的柯鲁克湿地，
苇蒲微微摇头叹息，
窥探诗人淡淡的哀愁和酸酸的回忆。

满天星斗眨着眼睛，
草原敞开心怀，迎进星光万缕。
古柏，山花，

涓流，小溪，
奇迹般吟出诗人的旋律。

2016 年 8 月于青海省德令哈市

海子，不要哭泣

海子，不要哭泣，
姐姐回来了，
就坐在美丽的巴音河畔；
为你带来一束草原上的野花，
淡雅，透着馨香，在夜色中弥漫。

姐姐悔恨，
错失巴音河边醉人的夜晚，
未陪你蘸着皎洁的月光，
同声吟诵
面朝大海，春暖花开，
那首美妙的诗篇。

你的泪让姐姐的心不再荒芜，
你的泪让草原露出明媚的笑脸；
德令哈未忘记你的孤寂，
你的浪漫，
你的忧愁和情感。

仰望星空，你在哪里？

姐姐千呼万唤。
多想为你披上那件夹克，
遮住来自大戈壁的风寒；
多想为你备好笔砚，
让你展开千卷诗稿，
任激情漫卷。

海子，不要哭泣，
姐姐终生在德令哈等你，
等着千年一梦，花好月圆。

2016 年 8 月于青海省德令哈市

我在德令哈数星星

德令哈的夜，无限静谧，
德令哈的星星，晶莹而美丽；
我用心数着头顶上满天星斗，
悄悄寻找
属于自己的星座和天体。

也许，
我的星座布满暗物质，
十亿年，终于追寻到你的踪迹。
星云，黑洞，
乖乖送到我的面前；
中子，强子，
默默穿过我的探测器；
碰撞，湮灭，
离不开我精准的操纵与算计。

也许，
我的星座飞穿光量子，
十亿年，终于理清你纠缠的奥秘。
左旋，右旋，

我在德令哈数星星

伸手坍塌了你的波函数；
水平，垂直，
挥臂把你的形态传到天宇。

也许，
我的星座收到引力波的涟漪，
十亿年，终于首肯自己的猜测与好奇。
从今后，
捧起宇宙送我的"标准烛光"，
看一看宇宙膨胀，天河飞驰，
或许最后弄清，
我，从哪里来，到哪里去。

呵，德令哈的夜，
让我望穿宇宙掩藏着的玄机。

2016 年 8 月于青海省德令哈市

火车太快

火车太快，
时光太慢。

草场还是那么碧绿，
牦牛还是那么悠闲，
小溪潺湲，牧人挥鞭，
几千年都是羊的天堂，牛的乐园。
面对疯狂奔驰的高速列车，
不知高原惊诧，还是漠然？

火车太快，
思绪太慢。

我欲跳下火车，
滚滚车轮把我甩到天的那边，
再也找不到我的牧人，
再也尝不到酒烈奶甜，
高原的野性与强悍，与我渐行渐远。
当年以酒当歌，天上人间，
今日泪眼蒙眬，

望断我的白帐篷，我的大草原。

2016 年 8 月于酒泉至西宁动车上

初入量子世界

哥本哈根说：

你是一个电子，

可能左旋，

也可能右旋；

可能通过左缝隙，

也可能通过右缝隙；

两种状态存在于一体。

只有观察你时，

你才呈现出一个确定的状态，

穿过左缝隙或者穿过右缝隙。

你是薛定谔的一只猫，

可能是死猫，

也可能是活猫，

死与活相干叠加在一起。

只有观察你时，

才看到或死或活的特定状态。

其实，

你就是上帝掷出的一只骰子。

多世界理论说：

在"左世界"中，
看到电子穿过左缝隙；
在"右世界"中，
看到电子穿过右缝隙。
因为这两个世界没有交集，
彼此留不下痕迹。
薛定谔的猫，
在一个世界里活着，
而在另一个世界已经死去。
或死，或活，
不同世界彼此不能感知。

现代实验说：
你是纠缠态的两个粒子，
一个在地上，一个在天宇；
只要对其中一个粒子实施操作，
另一粒子状态瞬间发生相应改变，
无论多么遥远，没有通路，没有介质。
爱因斯坦感叹，甚至怀疑，
不可思辨的诡异！

诡异，还是神秘？
世人一头雾水，
你却笑着，

不知不觉走进我们的生活里。

你手中握一串密钥，
牢牢守住信道两端的秘密；
你怀中揣着计算机，
通常一百年完成的复杂计算，
你只需百分之一秒的努力。

光子纠缠分发，
你从地面跃上卫星；
隐形传态，
从百公里，千公里，到万公里。
由你搭建的互联网络，
已是触手可及……

2016 年作于"墨子"号
量子科学实验卫星发射成功之际

南山守夜

南山，静静的夜，
一群痴痴的观星人，
守望苍穹辽阔，夜色寂寞。

盼着，
我的星投下一串密钥，
是绿色的。
量子为信息上锁，
锁定的秘密任谁都不能解破。

望着，
我的星将带走纠缠态的光子，
是红色的。
纠缠到九重，
纠缠到银河，
遥遥万里，只是一瞬时刻。

星汉闪烁，
我的星从远方飞来了，
与我握手，与我唱和。

山外，一派喧闹的世界，

南山，守望神奇与科学。

2016 年 9 月于新疆南山天文台

量子卫星天地链路测试现场

梦高原

有一天，
高原崛起转基因技术，
椰子挂在昆仑山巅，
荔枝栽在唐古拉山麓，
红透的苹果迎着满天雪花，
柑橘生长于零下四十余度。
那时，
尽管筑起百条进藏铁路，
也难承载铺天盖地的财富。

有一天，
高原向我显摆，
刺蓬上开满鲜花，
草丛中溢出花露，
荆棘挂满酸甜的蓝莓，
草根结满肥肥的马铃薯。
那时，
如此辽阔的高原，
该是万紫千红的花圃。

有一天，
高原让世界瞠目，
藏羚羊奔跑的速度更快，
偷猎的子弹飞不过它们的脚步；
野驴野马更加温顺，
成群结队，与人类和谐相处。

我不敢徘徊，
不敢踌躇，
奋力追赶高原前进的脚步。

2016 年 6 月于青藏铁路列车上

拉萨的云

拉萨的云，
时而淡淡，
时而浓浓；
无论淡或浓，
飘过来都是祥和的雨。

拉萨的云，
时而疾速奔来，
时而徐徐离去；
无论来或去，
她们都与拉萨最亲。

拉萨的云，
时而隐入山谷，
时而挂在山巅；
她们不停地变换自己的舞姿，
装饰拉萨色彩斑斓的梦。

拉萨的云，
与天相距最近，

与人也相距最近。

2016 年 7 月于西藏自治区拉萨市

迷
失

你忘记了来自何方，
是高寒的冰川，
还是温暖的草场；
是阿妈送行的酥油灯，
还是阿爸挥手的山冈。
只有手中的转经筒不停地转，
似乎为你寻找方向，
似乎也迷失了方向。

你忘记了要到哪里去，
不知道离佛有多远，
通天的路还有多长；
不知道经幡飘摇几多时日，
不知道十万长头如何丈量。
只知道信仰无迹，佛法无边，
虔诚地为来世祈祷幸福，祈祷安康。

忘记自己是最高的信仰，
迷失时空方显神迹的光亮。
前世，今生，

贫富，贵贱，
甚至儿女，爹娘，
统统可以在匍匐跪拜中遗忘；
只记住还要念佛，烧香，
今生今世，痴痴地走在通往天堂的路上。

2016 年 7 月于西藏自治区拉萨市

少女纳木错

你温顺宛若羔羊，
依偎在情人膝下娓娓倾诉。
尽管寒流在身边肆虐，
尽管白云在头顶乱舞，
念青唐古拉挺身抵住山口吹来的烈风，
千秋万代不会让你受到惊吓，受到欺辱。

你亮汪汪的大眼睛，
睁开来，
秋波涟涟，动人楚楚；
闭上去，
尽情享受情人的蜜意与爱抚。

你洁白细嫩的胳膊，
挽住情人的脖颈，厮守幸福；
你的秀发飘起来，
念青唐古拉赶忙为你拢住，
生怕有损你的丽质，有损你的美肤。

你深情的小嘴，

在情人额头上不停地亲吻，
羞羞答答，嗫嗫嚅嚅；
你甘甜的乳汁，
无私地哺育着高原上的生灵，
让这里充满生机，催生富庶。

呵，纳木错，
多情的少女，笑靥常驻。
有了你，
念青唐古拉终生不会寂寞孤独；
有了你，
念青唐古拉的心海永远不会干枯。

2016 年 7 月于西藏自治区拉萨市

生命

我欲寻找高原上生命之源，
远处的小河，弯弯曲曲
从草原深处淌出来。
流淌着藏族人的精血，
世世代代；
传载着藏族人的生命，
高歌澎湃。

我欲寻找高原上生命之花，
肥壮的牦牛向我走来。
吃着虫草，喝着泉水，
逍遥，自在，
牛背上驮着藏族人的历史，
从远古，到现在。

高原上生命繁衍不息，
牛粪一堆，
帐篷一排；
生命之树长绿，
生命之花常开。

2016 年 7 月于西藏自治区拉萨市

文成公主

拜完大昭寺，
再拜布达拉宫，
透过酥油灯昏暗的烛光，
我在寻找文成公主的倩影。

我猜想，
你肯定换上了藏袍，
学着藏族同胞不停地拨动转经筒。
在香火缭绕的佛像前，
与松赞干布共同诵经。

我猜想，
你一定用灿烂的中原文化，
亲手点燃万盏酥油灯；
照着你与夫君，
床榻上相亲相爱，相吻相拥。

我猜想，
你用大唐陪嫁的宝镜，
精心打扮公主的美貌花容；

你用精致的银梳，
为夫君梳理乌黑的头发，
更英俊，更威猛。

我猜想，
你思乡的心也会蹙上眉头，
红泪涟涟付与酥油灯；
望不尽雪峰皑皑，关山重重，
夫君在眼中，
故乡在心中。

2016 年 7 月于西藏自治区拉萨市

当巴村的拉姆

当巴村的拉姆，

漂亮，活泼。

如果我有三兄弟，

肯定娶你一人为老婆。

共同喝你亲手制作的酥油茶，

共同听你响遏行云般唱歌，

即使一晌良宵，

也愿意和谐地分配每一段销魂时刻。

当巴村的拉姆，

生意做得红火。

如果我有十万银两，

甘愿全部送你打成银碗、银杯、银镯。

挑一只最精致的银碗，

刻上我俩的出生日月，

盛下终生享用不完的奶茶和奶酪；

挑一只最漂亮的银镯戴你手腕，

高原上谁能比得过你的袅袅娜娜。

2016 年 7 月于西藏自治区拉萨市

十万长头

十万长头，
耗尽多少心诚和心累。
今生今世总想拜上圣殿，
在神像前燃一炷香，
点亮一盏酥油灯，
才算无怨无悔。

前面是铺满鲜花的路，
眼下却是千山万水；
风霜雨雪见证，
日月星辰伴陪；
祈来世的福，
赎今生的罪。

今生磕上十万长头，
来世还你十万零一个心愿，
个中苦甜，心中自有回味。

2016 年 7 月于西藏自治区拉萨市

国旗，经幡

国旗，经幡，
飘摇在每户藏家的屋顶。

一面，昭示一个民族的古老，
一面，宣告一个民族的新生。

一面，是多彩的选择，
一面，是红色与世界屋脊的辉映。

两种信仰，
一样忠诚！

2016 年 7 月于西藏自治区拉萨市

兴隆山秋之精灵

不知谁，
把七彩盒打翻，
兴隆山顷刻变得色彩斑斓。

不知谁，
搅乱兴隆山的秋天。
黄灿灿，丝巾划落枫叶，
红彤彤，桦枝拽住衣衫，
且看层林尽染，山路尽染。

或许，昨晚
刚刚结束广场舞激情表演，
未及卸妆，
直把油彩洒进群山，
舞步颤动大自然。

或许，夏天
歌声曾萦绕这片山峦。
酸楚的，迷茫的，
在秋日画一个休止符；

抒情的，欢快的，
在秋日汇成多声部合唱，飘逸婉转。

身段依然窈窕妩媚，
青春注定不会走远；
回首，少许眷恋与缅怀，
向前，都是高歌礼赞。

2016 年 10 月于甘肃省兴隆山

吐鲁沟竞秀

吐鲁沟肯定有虎，
因为这里山峰太险；
吐鲁沟肯定有龙，
因为这里涧水太猛。
吐鲁沟告别苍凉的黄土地，
义无反顾，一路奔向苍穹。

山顶青松，
雨雪风暴难以撼动，
我感叹吐鲁沟品性倔强峥嵘，
与大自然万年争抗，
豪情与山同在，灵魂与山同生。

千峰竞秀，
我感叹大自然鬼斧神工；
溪水常流，
我感受生命呼啸奔涌；
牛羊亲吻白云，
尽享远离尘嚣的这份宁静。

此刻，我的视野不够宽阔，
因为这里天地相接，沟壑纵横；
此刻，我的手机内存太小，
因为这里景色太美，诗意太浓。

我欲飞临山顶，
无奈羽翼太嫩；
我欲踏遍山溪，
无奈脚步太重。
吐鲁沟把美独揽，
留住我的心爱，
留住我的咏诵。

2016 年 10 月于甘肃省吐鲁沟

雾凇岛晨景

凝在枝头上的雾凇，
封在河面上的冰凌，
松花江捧出连接天地的晶莹。

向空中洒一杯热水，
霎时变成雾的升腾，
升腾出洁白，升腾出彩虹。

抬头笑我的女儿，
青丝凝成霜，
白了蛾眉，白了眼睛。
美丽，
绽放在难得的严冬。

侧目一双情侣，
滚在地上，似笑似嗔，
染一身霜雪，倒是纯洁了爱情。
爱恋，
享受独特的寒冷。

满族的后人，
祭上猪头和五谷，
萨满舞踢踏，神鼓叮咚。
祭冬雪，祭冬山，
追忆祖先跃马驰骋的威猛。

对准雾凇拍照的人们，
记下的肯定是纯洁无瑕；
享受寒冬的人们，
最能获得大自然美的馈赠。
美，
在雾凇岛涌动，
一重一重……

2018 年 2 月于吉林省吉林市

祥和喀什

美丽的维吾尔姑娘翩翩起舞，
鲜红的衣裙像火一样燃烧，
喀什欢迎五湖四海的朋友，
敞开热情的怀抱。

似乎熟悉，也似乎陌生，
不免想起前年发生的那场风暴。
忽然一名儿童向我奔来，
甜甜地用汉语问一声"你好"；
我欢喜地俯身相吻，
心头的忐忑和惶恐顷刻云散烟消。

久违了，却很渴盼，
抓饭很香，烤馕很焦，
尝一盘又鲜又嫩的甜杏和脆桃。
朋友送上熟透的哈密瓜，
便也记住喀什的好客与富饶。

张望，也是寻找，
小巷里传来热瓦甫的琴声，

欢快的旋律在小花帽上萦绕。
但见诚实与友好的微笑越来越多，
冷漠和猜测的目光越来越少。

不经意间来到艾提尕尔，
眼前正是我理解的信仰和宗教，
教徒们可以虔诚地诵经，祈祷。
抬望眼，
高耸的门楼五星红旗迎风飘飘。

2019 年 6 月于新疆维吾尔自治区喀什市

鸟儿飞

那年，我看到
一只孔雀衔着一只香梨，
渐渐飞离博斯腾湖和巴音布鲁克牧场，
令人充满无限憧憬与向往。

昨天，我看到
杜鹃衔着蜜瓜，白鹭衔着丝棉，
排成队，排成行，
声声鸣唱勤苦的劳动，富庶的南疆。

今日，
新飞来一只天鹅，
绕过宽阔的广场，欣赏舞步欢畅，
俯瞰欢乐的人群，听都塔尔活泼，马头琴悠扬。

明日，
定是群鸟飞翔，
大地春光普降，秋色金黄，天山披满盛装。

2019 年 7 月初于新疆维吾尔自治区库尔勒市

乡游

花儿向阳绽一片灿烂，
果实累累把树枝压弯；
拱桥下清流潺湲，人影迷离，
池塘里泛起涟漪，蛙声不断。
我弄不清，
人回戈壁还是梦回江南？

千亩枸杞争红，
万亩人参果竟甜，
参天的白杨洒下绵绵绿荫，
绿浪滚向天边。
我惊呼，
铺天盖地的财富正赶走当年的辛酸。

街上的顽童似乎不识旧时物品，
院中老汉宽容一笑，轻轻一叹，
叹岁月更迭，时代变迁。
早年的记忆那么强烈，
牵着我农家院饱餐一桌，住宿一晚。

我当然知道，
是谁打造出迷人的乡村美景；
我当然熟识，
是谁捧出金秋艳阳天。
远处热浪滚滚，车堵人喧，
我有缘享受乡村的静谧、富裕和悠闲。

2019 年 8 月于甘肃省玉门市

第二辑

春带雨

椰树，沙沙沙

椰树，沙沙沙，
似乎，你很快乐。

你摇曳出凉风习习，
也不惧风暴肆虐；
只在南岛树一片旗帜，
张扬绿色与气节，
犹如梅不畏寒，
　　竹之清绝，
　　藤之缠绵，
　　松之巍峨。

椰树，沙沙沙，
仿佛，你在吟诗诵歌。

你为人们撑起绿色的伞，
遮住风雨，挡住火热；
你为游客献上绿色乳汁，
从唇边直爽到心窝，
胜过蔗之甘甜，

泉之清冽，
嫩之荔枝，
鲜之菠萝。

椰树，沙沙沙，
一首青春之歌永不凋落。

2016 年 4 月于海南省儋州市

东坡不幸儋州幸

东坡不幸，
车载箱装的学问，
遗失在南蛮之地。
妻儿在哪里？
故乡在哪里？
举杯邀月，
空对破旧的竹笠与木屐。
不准住官屋，
不准吃官粮，
不准批公文，
是否，可以作诗，
可以设馆教学，载酒问字？

儋州有幸，
千秋圣德桃榔留迹。
文章在兹，
茅屋更漏都是诗情画意；
道德在兹，
淡饭粗茶也咀嚼出甜蜜；
风范在兹，

蛮人学子蜂拥而来，
书声琅琅，弦歌四起，
三载春风化雨。
诗人画作竹子梅花，
又添亭亭玉立的椰子。

东坡先生，
可泣？可喜？

2016 年 4 月于海南省儋州市

海滩上奔跑着一个小男孩

海滩上奔跑着一个小男孩，
都说他属于大海，属于浪花。

挣脱妈妈的臂膀，
他向大海索要生命的密码；
冲出妈妈的怀抱，
他的梦似乎在海角天涯。

倦了，累了，
大海终于没有把他接纳；
妈妈在海边，
痴痴地看着潮起潮落，夕阳西下。

小男孩掀开妈妈的泳衣，
原来这里是港湾，是家。

2016 年 4 月 27 日于海南省三亚市

黎家阿婆织黎锦

脸上，
依稀可见旧时留下的纹痕，
手上，
却在娴熟地织一段斑斓的黎锦。

知道你走过怎样的人生，
少年文脸，成年文身；
知道你尝过怎样的酸辛，
钻木取火，刀耕火种，脚耙手耘。

你的满脸的纹花，
何尝不是对美好的向往？
你的浑身的纹理，
何尝不是花样翻新的织品？
汗水，泪水，
一滴滴染就你的世界，五彩缤纷。

金丝成画，
走出深山，走出丛林。
联合国非物质文化遗产名录，

记下你璀璨的技艺，不老的青春。

见识你无声的微笑，
欣赏你山水般的衣裙，
黎家美终生不会褪色，长织长新。

2018 年 1 月于海南省三亚市

牛首山拜佛

参拜佛顶寺，佛顶宫，
我惊叹牛首山如此金碧辉煌；
再拜千佛殿，千佛廊，
我惊叹佛家不朽的万德华章，
难怪满山游客虔诚躬身，合十敬香。

猛然间，
我似乎看到，
牛首山也曾剑影刀光。
岳鹏举护驾赵构皇帝，
在此摆开与金兀术决胜的战场；
国军也曾踏进山门，
庙宇垂泪，遥望金陵遍地血光。
我禁不住轻问佛祖，
那时，战火纷飞的山麓，
晨钟暮鼓为什么不再轰响？

今日太平盛世，
梵音袅袅催百花竞放，
神州万里瑞光普降。

谁敢怀疑佛祖慈悲心怀，

谁敢怀疑佛祖法力无疆。

我只庆慰，

春日的牛首山万物蓬勃；

我只珍惜，

中华大地早已远离灾殃。

也许，这就是佛日增辉的岁月，

佛家烟岚催生安康，乾坤吉祥。

2016 年 4 月 29 日于江苏省南京市牛首山

捡起一枚雨花石

徜徉在雨花台下，
我捡起一枚雨花石。
抬头仰望车流如川的大路，
似乎看到你闪光的身躯。
高铁，高速路，
日新月异，一日万里，
有谁记起曾经的道路崎岖？
但是，雨花石，
我相信，只有你铸就的路面，
最平展，最坚实，
任碾压，任奔驰。

拨开花红草绿，
我捡起一枚雨花石，
似乎看到鲜红鲜红的血滴。
你让大地永远驻留在春天，
让母亲，儿女，妻子，
采撷幸福和憧憬，
采撷爱情与诗意。
但是，请不要忘记，

有一个十七岁的生命，
昂首告别了花样年华，
走进雨花台深处，枪声凄厉……

走进清风细雨，
我捡起一枚雨花石。
望眼都市大厦通向天宇，
似乎看到你凝结在坚厚的地基里。
你拥不到蓝天，
吻不到白云，
但是，谁敢否认，
在泥土深处，
你千年万年不会锈蚀。
即使烧成灰，碾成泥，
心甘情愿为共和国大厦奠基！

呵，雨花石，
捡起你，
并非走不出昨夜的黑暗，
而是加倍珍爱今晨的蓝天丽日。
雨花台上，
红领巾放飞了一群和平鸽，
朝着晨曦微露的东方缓缓飞去。

2016 年 5 月于江苏省南京市雨花台

甘熙宅第之藏书楼

一套，一册，
都是祖上传下的恩德；
孤本，珍本，
都是学问和智慧闪烁。
藏书教子孙，
立德齐古今，
千两黄金也许冷放在角落。

中举人，录进士，
家族传承文化的脉络；
下广西，进户部，
源自藏书楼冬寒夏热。
只有书爱不释手，
博学强记，著书立说。

何处寻找当初的书海？
百年小楼早已斑驳。

莫说遗失，
莫说没落，

请看今日知识的瀚海，
请看共和国院士的行列。
江南第一藏书楼，
已变成星空探索，尖端科学。

2017 年 12 月于江苏省南京市

注：甘熙，清道光十九年（1839）进士，曾在广西和户部任职。他博览群书，博学强记，编撰了南京方志著作多种，其中以《白下琐言》最为后世学人所推崇。甘熙后人、ASO-S 卫星首席科学家甘为群伴余游览甘熙宅第，偶得以上诗句。

锦丝飘落兴衰

是为欣赏园中那丛清香的茉莉花，
还是为聆听楼上飘出的悦耳琵琶？
是为试穿江宁织造的龙袍，
还是为先睹新绣的旗装马褂？

康熙帝六下江南，
曹家四受恩宠，
江宁织造府摆行宫，迎圣驾，宫灯高挂。

帝王前自然不敢炫耀荣华富贵，
却可以呈献技艺绝伦，织龙绣花。
织出的富贵铺金盖银，
绣出的皇恩荣耀天下。

道不尽财富滚滚，车载马拉，
看不完门庭显赫，家大业大。
织出的高官难保代代相传，
绣出的前程也许潜隐着杀罚。

不知当年的彩织锦缎是否鲜亮如初，

不知当年的烂漫妆花落入谁家；

且听红楼一曲唱尽人间荣辱兴衰，

无奈世事无常，无奈为人作嫁。

2019 年 1 月于江苏省南京市江宁织造博物馆

赏　梅

哪里有花的奇香？
哪里有花的从容？
采过牡丹国色，
　　夏荷婷婷，
　　菊黄灿灿，
　　樨桂朦胧，
尽管多姿多彩，终不会令人心动。

冬天是什么历练呵，
伴漫天飞雪，万丈冰凌。
枝头上的蓓蕾，
寒风中的花影，
摇曳出逆天的品格，无畏的风骨。

梅的绽放，
终是心的萌动。
梅的讯息，
让人读懂战胜苦寒的心路，
让人景仰临霜傲雪的精英。

采得梅花归，

已是无悔人生；

揖别冬天，

人生便走进万紫千红。

2019 年 3 月初于江苏省南京市梅花山

乡村记忆

城市似乎在侵略乡村，
现代文明正渐渐抹去乡村的记忆。
我欲拣起这片记忆，
只不过对过时的用品充满好奇；
我欲留住这片记忆，
却不能弥补对自己出生地的茫然无知。

乡村似乎在模仿城市，
匆忙中切断了与农耕文明的联系。
我欲拣起祖母穿过的斜襟袄，
却不知它珍藏在哪一个角落；
我欲玩玩儿时用过的收音机，
笔记本电脑却顽固地阻挡我的兴趣。

我更想让灵魂在乡村寻到寄托，
日子过得淡而有味，不疾不徐；
我更愿意聆听田野的虫鸣和鸟嘀，
淡茶一杯，浓酒一盅，
陶醉在恬静悠然的节奏里。

2016 年 5 月写于江苏省宜兴市旧时物品展览

大觉寺留言

大觉寺，就像
接待每一位施者一样接待我，
斋饭毕，我留下一段感悟，
不知深浅，不知会否亵渎佛祖佛陀。

我祈祷这个世界没有嗔恨，
只有慈悲的种子生芽，开花，结果；
我宽恕每个人的仇视与邪恶，
为他们的心灵荡涤圣洁与般若。
有心量，就有道路，就有世界，
有宽容，就有成就，就有事业。

我祈愿大地每时每刻都是黎明，
乘着黎明的曙光，每个人都阳光洒脱；
我祈愿每地每处都有成功的机会，
搭上机会的翅膀，每个人都能够飞跃。
没有怀疑，没有犹豫，没有彷徨，
只有信心和力量，奋斗和拼搏。

我不知道此生骄横还是谦恭，

只愿授人玫瑰，手留余香，
与人方便，与人欢乐。
我不知道此生贪婪还是知足，
但是我会警惕膨胀的欲望和自我。
我醒悟，
凡世间似乎一切难舍，最终还是要舍得。

面对虚无，也有真实的理解，
面对佛祖，我虔诚默念：阿弥陀佛！

2016 年 5 月于江苏省宜兴市

冬　竹

一缕斜阳从云缝里射出，
你抖落身上的积雪，
潇洒地挺直腰杆。

那边青山在笑，
笑你痴情，不在柳边在梅边；
这边碧水点赞，
赞你厮守，不伴花园伴茶园。

当然，
你也曾走过春花烂漫。
那时大地郁郁葱葱，
倔强峥嵘的你，
已经学会抵御风霜，抵御冬天。

当然，
你也曾历经梅雨缠绵。
那时小溪轻吟浅唱，
深根扎得三尺，
注定换得今冬安然，欣然。

季节在讲述冬天的故事，
此刻你却孕育生机无限。
天地恭迎，冰雪相送，
哪里还有孤寂与严寒？

2018 年 1 月于江苏省宜兴市

龙窑紫光

八百年风雨飘摇，
龙窑始终闪耀着紫光。

汗水几多，
早已无从计量；
只记得二十九代窑工，
留住一副背影，相伴日月长。
身披寒霜，
陶尽黄龙矿，
坛坛罐罐，留给岁月，留给梦想。

精品几多，
早已誉满八方；
数代大师，数代工匠，
捏出不同风采，妙手塑华章。
各色壶型，天圆地方，
下得百姓茶肆，上得官宦厅堂。

今日恰逢盛世，
生活插上美妙的翅膀，

一款紫砂香茗四溢，雅俗同尝共赏。
龙窑摆尾，
摆出荣耀，摆出景仰；
龙窑欲飞，
自豪地飞进新时代艺术殿堂。

为了欣赏，防止遗忘，
让我们紧紧护住龙窑坚强的脊梁。

2019 年 1 月于江苏省宜兴市

拓荒崇明

不知哪块石头阻住了江水，
不知哪根树杈拦住了泥沙，
崇明岛横空出世，越积越大。

不知哪位先民最先登岛，
在这里围海造田，拦水筑坝，
耕耘田园风光，描绘海丽天华。

他来了，
田中插秧，河里养虾，
坡上植桔，坡下采茶。
千载岁月，海涛似歌，
百代垦拓，诗画天涯。

你来了，
水下十里隧道，
江上大桥横跨。
崇明岛追逐时代的潮头，
乘风破浪，云帆高挂。

我来了，
现代化生态用心描画。
留住水清土净，
留住碧波红霞，
迁徙的候鸟在这里平安栖息，
水中的鱼儿免受污染的惊怕。

绿色随江水东延，
海岛情怀精深博大。
浪飞潮涌中享受美好时光，
大上海后院尽可养鸟种花。

2017 年 11 月 2 日于上海市崇明岛

楼外楼

不因你多高，

不因你多秀，

只因你坐落在西子湖畔，

犹似芙蓉出水，名扬九州。

楼外，

水也悠悠，船也悠悠。

远处断桥弯弯，白堤隐隐，

近处夏荷盛开，湖鱼漫游。

眺望雷峰夕照，

俯视三潭碧透，

绢扇轻摇，不忘为你题诗一首。

楼内，

一杯香茗润喉，

水也香透，楼也香透。

你奉上龙井虾仁，色味俱美，

你端出西湖醋鱼，鲜嫩爽口；

不忍心食尽，

舍不得遗留，

只是累坏挑肥拣瘦的舌头。

欣赏你的妆容，
邀国宾政要，社会名流；
品尝你的美味，
携八方宾客，亲朋好友。
相逢，无数杯盏为你碰响，
相知，无数朋友为你握手。

2019 年 6 月于浙江省杭州市

时光穿越咸亨酒店

一碟茴香豆，一碟盐煮笋，
再加一只果盘，
还有一瓶绍兴老酒，
朋友，咱们穿越鲁迅笔下的咸亨酒店。

抬头，
孔乙己仿佛立在身旁，递上四文钱。
可怜兮兮的窘相，
之乎者也的穷酸；
皱纹间隐藏着一丝伤痕，
难掩身着长袍站着喝酒的那份廉价的尊严。
直到有一天，
他用手"走"到小店，
可以不还旧账，最后一碗酒绝不拖欠。

放下杯盏，
拽住孔乙己的破旧长衫。
且看小镇愈发热闹，
南来北往的客人，操不同方言。
握一握孔乙己的手，拍一拍孔乙己的肩，

摸一摸孔乙己的发辫，留下一段笑谈。
人们的好奇心似乎得到满足，
冷暖的世道，嘲讽的眼光，丝毫未曾改变。

看着，
孔乙己的背影渐渐远去，
咸亨酒店依旧，都说换了人间。

2019 年 6 月于浙江省绍兴市

从百草园走来

从百草园走到三味书屋，

告别了紫红的桑葚，高大的皂荚树，

再也听不到油蛉低唱，蟋蟀弹琴，

只能对着匾和鹿行礼，

拜孔子，拜先生，味似嚼蜡般念书背书。

在百草园相逢，

他结识了另一位少年，名叫闰土。

于是看到一望无际的碧绿的西瓜地，

捏一把钢叉，刺向一匹猹，高兴欢呼；

在海边捡起五光十色的贝壳，

观潮汛里的跳鱼，留两行脚印，

分外惬意，分外舒服……

从百草园走来，

岂是一座高院能够相围相阻，

外面的世界显然更精彩，更丰富。

东瀛，北平，上海，

水路，公路，铁路，

让先生奔波终生，不能喘息，不能踌躇。

长枪与匕首，从先生手中投出，
刺透漆黑的夜幕。

从百草园走来，
尽管从来没有路，
但是走得多了，也便成了路。

2019 年 6 月于浙江省绍兴市

桃花潭

二月的春风依然清冷，
我却看到潭水已然泛红。
诗人散落的篇篇诗稿，
犹似抖落一江桃花，
竞相开放在灵山秀水之中。

桃花潭还是那么清澈，
一千年未减雅韵风情。
潭水的精灵隐在何处？
不在酒盅，即在花丛；
谁人举杯邀月，对酒当歌？
唯有诗仙，酒圣。

拱手揖别踏歌人众，
挥毫留下千古绝咏。
眼见着帆影缓缓远去，
几行热泪，几阵雁鸣，
不知何日是归程。

深深桃花潭，

悠悠汪伦情，
走遍天下，回首此岸，
依然夭夭灼灼，郁郁葱葱。

2017 年 3 月于安徽省泾县桃花潭镇

万家酒店

我想要一壶烧酒，
举目皆是断壁斜梁；
小巷依旧，
却不闻昔日杯碰觞响。
遥想当年隐士知遇诗仙，
花前，月下，暖风，寒霜，
留下多少风骚，多少华章。

迈过古老的廊桥，
踏进破败的祠堂。
也曾武官下马，文官落轿，
也曾敬老抚幼，和睦吉祥，
翟家的祖业已无处寻踪，
几丛蒿草，几株古树，几根藤秧。

岁月可以枯黄，
青弋江却不会停止流淌；
我今站在这里咏叹，景仰，
听一段动情的故事，绵绵流长。

2017 年 3 月于安徽省泾县桃花潭镇

注：唐代，桃花潭翟姓人家五世同堂，百余人和睦相处，共同生活，共同接济乡里。太宗闻知，御笔赐其"义门"。天宝年间，当地隐士汪伦与进士出身的万臣寄书李白，称此地有"十里桃花，万家酒店"，特邀诗仙来此相聚。李白到此方知"十里桃花"乃桃花潭名，"万家酒店"乃万姓人氏开的酒店，也就一笑了之，赞其幽默，欣然在此居住半年余。

查济村采风

我蘸着淡淡的色彩，

描摹桥上的行人，

　　桥下的流水，

　　洗衣的大嫂，

　　淘米的婆婆。

我的画笔，

只画出查济村的一道风景，

却难再现一千四百年的漫长岁月。

岁月似乎没有褪色，

大地依然多彩，

青山依然婆娑，

花红，花黄，花白，花紫，

绿芽，绿苗，绿枝，绿叶，

我的相机贪婪地频频按下快门，

却不知丢失多少历史像素和本色。

庭院有人问梅，

房内有人研墨；

古桥，古井，古树，依稀可数，

祠堂，牌坊，庙宇，街头错落；
聚族而居，风水鼎盛，
方言土语，古音吴越，
也是徽商，也是理学。

歇息间，
心中不免默默思索：
千万不要惊动古朴的小街，
就让它充当一尊念古的模特；
千万不要惊动流淌的小溪，
就让它无拘无束地与你叙说；
世外桃源留一片静谧，
在这里自由自在地花开花落。

2017 年 3 月于安徽省泾县查济村

宏村素描

望不尽花黄柳绿，
望不尽粉壁黛瓦，
宏村也是小桥，流水，人家。

荷塘上拱桥横跨，
走过农人和他的水牛，
还有乐颠颠下学的娃娃；
一池清荷，
飞两只蜻蜓，跳几只青蛙。
谁人绘出这副恬淡的风情画？

老翁，
流年煮一壶烟雨，
浇在逶迤的石板路上；
婆婆，
韶华换两缕紫霞，
撒在千年的银杏树下。

家家开门迎客，
户户斟酒奉茶；

勤勉，是宏村的广告，
好客，传宏村的佳话。

谁言小村隐在深山，
分明领到《卧虎藏龙》奥斯卡；
我言徽韵源远流长，
孕育古朴，萌生典雅。

2017 年 3 月于安徽省黟县宏村

九华山进香

我随朝拜的人群一道进三支香，
一支敬佛，一支敬法，一支敬僧；
不求今世，也不祈来生，
只为点亮心中那盏圣洁的灯。

三炷香在殿堂徐徐燃烧，
只听众香客默默祷告：
供养佛，觉而不迷，
供养法，正而不邪，
供养僧，净而不染，
佛祖庄严，佛法神圣，僧众慈明。

香火中，地藏王似乎睁开眼睛，
轻抚大千世界，芸芸众生，
听其发下大愿，
宁可自己不成佛道，
也要度尽六道流转之生灵，
直到佛国莲花满，地狱皆为空。

朦胧中，大愿菩萨又现出家相，

娓娓讲述二十三条因果报应。
切记，切记，
诸恶莫做，众善奉行，
善者极乐世界，恶者地狱九重。

不知仙境，还是香客心境，
九华山，九十九峰云雾翻腾；
回望满山飘绕不绝的香火，
让我净化至诚至善的心灵。

2017 年 3 月于安徽省九华山

应身菩萨

你也拜，他也跪，
应身菩萨总是笑微微，
殿前赢得一炉香，熠熠生辉。

金身不腐，
缘于大慈大悲。
抛弃一切杂念，贪婪，虚伪，
终究修成正果，圆寂，尊贵。

勿论吃斋捻珠，
抑或耕田耙水，
只看你的虔诚，你的造化，你的智慧。

今夕何夕，今岁何岁，
九华山几尊肉佛，几道轮回，
但不知今世降临哪座庙宇，法号名谁？

2017 年 3 月于安徽省九华山

注：佛家忌讳"肉"字，把"肉身菩萨"读作"应身菩萨"。

练江太白楼

错过与许宜平的一段邂逅，
却在练江留下一座风雅太白楼；
风霜烟云飘过千年，
小楼依旧，江水依旧，青山依旧。

小楼没有辜负诗人的眷顾，
小楼没有遗失诗人的风流，
守着青山隐隐，江水悠悠，
守着诗的绝美，酒的醇厚。

那云，那雪，那溪，那月，
几回涌上心头，几回梦中飘游；
许宜平捋着长须自是颔首欣赏，
悔当初错失良机，未能牵手。

紫阳山相邀，练江相留，
只把千古绝句写在徽州；
这里风光旖旎，人杰地灵，
这里君子相交，情谊相守。

从此，

秋天一弯月，冬日一樽酒；

小楼看不够诗书满天下，

小楼数不尽江山代有才子秀。

2017 年 3 月于安徽省歙县

　　注：唐天宝年间，歙县隐士许宜平在家乡过着闲情逸致的生活，其诗也广为流传。后为大诗人李白所见，拍手赞其诗为仙人诗。李白在出游途中来到歙县紫阳山下的练江边，一路打听，寻访许宜平。由于疏忽，当面错过相见相认良机。李白遂来到太平桥头的酒肆饮酒，即兴留下那首千古绝句："天台国清寺，天下称四绝。我来兴唐游，与中更无别。卉木划断云，高峰顶参雪。槛外一条溪，几回流碎月。"后人为纪念李白这次歙县之行，将太平桥头风雅阁楼取名为"太白楼"。

徽

韵

徽州古城向我召唤，
走进去，
我方知徽地文化如此灿烂。

且不说徽派建筑风格独树，
古楼林立，古巷蜿蜒；
且不说八角牌楼庄严，
太子太保大学士智慧满满；
且不说陶行知冲出古坊，
在痛苦中忧思，在黑暗中呐喊。
似乎，
毕昇的智慧也淌在古街之中，
朱熹理学集大成在古塔之巅，
让我肃然起敬，顿生惊羡。

徽剧，徽班，
从这里进京，红红火火两百年，
贵为国粹，铿锵委婉，
生旦净末丑，留无数经典。
熟悉的腔调原来在这里设计，

精彩的剧情原来在这里排练。

徽商，下杭州，通四海，
创造的财富铺地盖天。
茶油，木竹，纷纷走出山林，
纸笔，墨砚，彰显儒风翩翩；
练江汇入新安江，汇入海洋，
涌千尺浪峰，万顷波澜。

古城人文荟萃，交相辉映，
文采风流，也看徽篇徽卷。

2017 年 3 月于安徽省歙县

李鸿章褒贬考

记不清，

你签下多少丧权辱国的条约，

一款一款失掉大好河山，

引华夏千疮百孔，万重劫难。

许是老泪纵横，

许是万众唾骂，

遥指秋风，破屋，漏船，

堵不完的洞，糊不完的残，

空有满腹经纶，却无力回天。

记得清，

你小心翼翼揭开中国近代史的序幕，

办洋务，建学堂，修铁路，

北洋水师威风八面。

社稷危难中挣扎，

风雨飘摇中蹒跚，

殚精竭虑，只为守住大清江山。

本是出将入相，遥执朝政，

人生却落得惨然淡然；

面对列强，难以挺直腰杆，

面对河山，唯有谢罪抱惭。

是忠，是奸，

是褒，是贬，

生前身后，毁誉不断；

古人似乎未看清你的无奈，

今人却看清你的羞愧和汗颜。

2017 年 3 月于安徽省合肥市李鸿章故居

新城，古城

曾几何时，
炮火摧毁了千年古城；
再也寻不到，
商贾攒动的码头，
九省通衢的鼎盛，
一河渔火，十里歌声……

新世纪的春天，
台儿庄还原历史妆容，
舟楫摇曳，
摇出运河岸边一城美景。
我却隐隐觉得，
这里每条水巷与街道，
每座院落和楼层，
似乎都睁着哀伤的眼睛。

古城不愿回忆，
回忆是血的猩红，恨的喷涌；
古城禁不住回首，
回首是强盗的狰狞，怵目的弹洞。

野蛮，撕裂了文明，
铁蹄，踏碎了繁荣。

流水还是昨日的流水，
桃红已不是往昔的桃红。
脚下的土地，
长眠多少英勇的士兵，
古老，年轻，
血与火铸就不朽的生命。

远处，
传来运河欢快的桨声；
它向人们娓娓讲述，
运粮的漕兵，贸易的船篷，
还有那场大战，以及
留给后人的思索，警钟长鸣。

2017 年 3 月于山东省台儿庄

春带雨

春雨如烟如丝，
台儿庄悄悄回黄转绿。
古城在雨里迎接春的脚步，
聆听春的消息。

一树茱萸黄倚在楼角，
两行杏花白立在河堤，
金灿灿的油菜花挑逗着大地。
碧水如带，
流不尽古城的清新与传奇。

春鸠声从远方隐隐啼来，
穿过春雨的蒙蒙迷迷；
绿苔急切地爬出阶缝，
告别冬的孤寒，寻找春的暖意。

临街的店铺早敞开窗棂，
一对茶盏，
一盘残棋，
品味如歌的岁月，飘雨的情致。

情人平添多少乐趣与亲昵，
淋湿香发，
淋湿长裙，
却滋长了爱的浓情蜜意。

淅淅沥沥梨花雨，
运河春水泛涟漪。
未回江南，
诗意依然浓浓郁郁。

2017 年 3 月于山东省台儿庄

孟府请书

走进孟府，
躬身请书。

请书为敬，
敬《孟子》七篇熠熠生辉，光彩夺目。
规矩绘出方圆，
风范引领风尚；
道德，文章，精神财富。

请书为读，
雨露浸润在心灵深处。

读书立业，
奠定事业基础。
天将降大任于斯人，
必先苦其心志，
劳其筋骨，饿其体肤……
耳际长鸣，年年岁岁，朝朝暮暮。

读书立德，

先贤亚圣，德品高矗。

富贵不能淫，

贫贱不能移，

威武不能屈，

此之谓大丈夫。

君子谦谦，豪杰风骨！

读书立言，

不敢懈怠，不敢辜负。

叹岁月易逝，

惜光阴飞度，

虽说不再头悬梁，锥刺股，

却也废寝忘食，风雨无阻；

求索，

永远不会停止脚步。

2016 年 5 月于山东省邹城市

千古杏坛

两千五百年前，
一位智者在杏坛讲授锦绣文章。
银枝古苍，杏果金黄，
弦歌鼓琴，书声琅琅，铿锵悠长。

两千年，
咏诵声一直萦绕在中华大地，
弟子千千万万，和者浩浩荡荡。
勿论楚汉争雄，
勿论大汉盛唐，
即使成吉思汗
抑或努尔哈赤的金戈铁马，
似乎也愿意停下来欣赏一段美妙华章。

两千年，
华夏文化在这里集大成，
先哲光芒杏坛绽放。
涉过大河上下，
跨越边塞僻壤，
万千人等在这里驻足，领悟，思想。

儒家独尊，

文人学士，咏唱越来越响，

科举考场，文章越写越漂亮。

平民学子初登书斋，

帝王将相整治朝纲，

先拜杏坛，寻求智慧，汲取滋养。

杏坛回望，

也有人不屑一顾，口诛笔伐，

甚至坑杀儒士，焚烧殿堂。

精华，还是糟糠？

至尊至圣，还是桎梏罗网？

杏坛自辨孰短孰长。

如今，

杏坛歌咏飘过五大洲，三大洋，

黄头发，黑皮肤，

蓝眼睛，高鼻梁，

不同语言，不同音阶，高歌同唱。

杏坛神圣，

中华文化焕发出无穷力量。

2016 年 5 月于山东省曲阜市

高密东北乡的故事

谁也猜不透，

高密东北乡隐藏着多少神秘；

谁也说不尽，

小院土坯房传出多少精绝的故事。

你肯定知道，

"金熊奖"给中国电影带来的荣誉，

却未必见过一望无际的高粱地。

醉人心脾的高粱酒，

浓浓郁郁，就从小院飘出来；

载着九儿的大花轿，

吹吹打打，就从小院抬出去。

你肯定见过，

瑞典文学院颁发的诺贝尔奖，

却未必听闻胶河上蛙声惊动乾坤。

万心姑姑的小船扬帆激浪，

驱赶成群的蝌蚪，

在血红的河水里逐渐消失。

多少年后，人们难辨，

姑姑自豪抑或忏悔。

你肯定听过，
小院主人讲述的前朝往事，
却未必见过檀香刑恐怖的器具。
愚昧的人群围观，喝彩，
受刑人唱起猫腔，
和着猫鼓点儿，猫琴，猫笛，
奏一曲荒诞离奇、令人心悸的旋律。

浪漫，还是荒谬，
写实，还是猎奇，
小院为我们演绎善与恶的情景剧；
瘆人的笑，还是恐惧的哭，
颤抖的歌，还是同情的泪，
都在这片古老的土地上播种孕育。

2016 年 6 月于山东省高密市

超然台望远

登临超然台，
眼下是人杰地灵的密州。
然而，超然台
却望不到迢迢万里黄州，惠州，儋州。

如果望到黄州，
也许东坡先生难发少年狂，
射猎山丘；
如果望到惠州，
诗人又要平添几缕忧愁，
也许《水调歌头》情更浓，谊更厚；
如果望到儋州，
倒不如在此多度几个冬夏春秋。

没有如果，
诗人自有诗人的追求。
下得超然台，
还要赋诗，填词，
还要修堤，造楼，
哪怕长途抱病，天涯奔走……

2016 年 6 月于山东省诸城市

诗，是什么？

——写在诗人臧克家故居

最近，有人告诉我，
诗是神秘的，
要保持对她的敬畏，
不要冒犯她。
我茫然注视着手中的笔，
一脸惆怅与迷惘，
再也不知道应该写些什么。

最近，有人指点我，
诗的本质是爱与性，
唯此，
才能流传，才能存活。
我看了一眼桌上摊开的纸，
心有余悸，不敢落墨。

在这里，诗人告诉我，
诗在车间，诗在田野。
诗是劳动的号子，
诗是呼啸的炮火；

诗是对黑暗和邪恶的鞭挞，
诗是对真善美的纵情讴歌。

于是，我鹦鹉学舌：
有的诗年代久了，
它依然年轻；
有的诗刚写出，
但是它已经死了……

2016 年 6 月于山东省诸城市

陪读少年

中共一大代表王尽美，出身贫寒，因陪读富家子弟而获学习机会，后参加五四运动，加入中国共产党，成为中国共产党创始人之一。

一座矮得不能再矮的土坯房，
陪着主人家豪宅高屋；
一个穷得不能再穷的孩子，
陪着阔少爷识字念书。

陪读，
一丝欣慰，
十分屈辱。
陪读风雪，
抽打着少年羸弱的筋骨；
陪读长夜，
望不到夜的尽头是否还有日出。

陪读《四书》《五经》，
《共产党宣言》却在心中永驻；
昏暗的豆油灯，

照亮通往真理的漫漫长途。

小屋一束光焰，
直射到大上海望志路，
射到南湖，
射透漆黑的夜幕。

2016 年 6 月于山东省诸城市王尽美故居

拜太公

此时，

我仿佛感受到，那支血脉

顺着三千年的时空缓缓流进我的血管。

似乎凝结着渭河上那条智慧的钓竿，

似乎凝结着太公治理齐国的布衣便衫；

反纣灭商的铁骑奔腾呼啸，

周室大兴的业绩纬地经天。

周师齐祖，春秋秦汉，

都是纯了又纯的血统，

都是满腹韬略的至德至贤。

此时，

我仿佛看到，

三千年那阵惠风又吹到面前。

吹来崔邑封地的秀丽景色，

吹来诗书琴瑟的恬淡，

令五百万子孙后代流连忘返。

季子让国传了百代千代，

让却功名利禄，终归诗酒田园。

不必辨识，

谁为宰相，谁为文豪，谁在拓荒耕田，
只留住那份宽厚，那份仁爱，那份超然。

上香，叩首，
三千年的香火永远不会熄灭，
三千年的智慧与仁慈永远不会飘散。
佑护子孙，
在新世纪建功立业，立地顶天。

2018 年 11 月 2 日于山东省邹平市

漫步在津门五大道

夏夜，我漫步在津门五大道，
独自饮一杯意大利啤酒，
欣赏西式洋楼独特的风情风貌。

我忽然意识到，脚下的土地
百年前曾是列强肆意妄为的租界，
那时，米字旗、三色旗……飘飘，嚣嚣。

我似乎听到大沽炮台传来的厮杀，
天津军民挥起反抗的大刀长矛；
列强的军舰驶进海河，烧杀掳掠，
血光遍地，尸横荒郊……
岸边两万三千亩土地呵，
中国人不准入内，不准歌，不准笑。

今夜，人们扯下斑斓的霓虹，
堵住列强在大地撕开的豁口；
民族复兴的号角，
催生津门满目花草；
放眼海河，笙歌喧闹，

大地洗尽耻辱，涨满春潮。

此地，我举杯相邀，
朋友请来漫步，请来舞蹈。
面对百年沧桑，
更要珍爱这片曾经受辱的土地，
记住那些惊悚故事，那些隆隆枪炮。

2016 年 6 月于天津市

静园消失的身影

遗老遗少簇拥着一副瘦削的身影，
在烛光里鬼鬼祟祟，心怀怪胎；
有一日，这副身影忽然从静园消失，
消失得那么诡秘，那么不光彩。

离别了静园的静谧，
甚至疏远皇后与皇妃的宠爱，
却忘不掉遗老遗少山呼万岁，
静园一别，悲哀复悲哀。

倘若知道"康德皇帝"是一场梦，
也许不会从静园溜走得如此之快；
倘若知道有一天被投进抚顺战犯管理所，
倒不如在静园乖乖地逍遥、自在。

2016 年 6 月于天津市静园

　　注：1924 年 11 月 5 日，溥仪被冯玉祥撵出皇宫，先潜入日本驻北京公使馆，三个月后在天津日本租界建立"行在"。1931 年，溥仪在日本人的控制下逃离静园到长春，做了"满洲国"的傀儡皇帝。

方寸天地

　　周恩来与邓颖超共同使用过的骨灰盒默默陈列在天津纪念馆，万人瞻仰，竞放光辉——

　　　方寸天地，
　　　称得上千秋万代永恒，
　　　称得上江山辽阔无疆。

　　　南昌城头的红领带，
　　　两万五千里的美髯，
　　　在方寸天地永久地飘扬；
　　　红岩村的腊梅，
　　　西花厅的海棠，
　　　在方寸天地四季绽放；
　　　广阔田野上的笑声，
　　　人民大会堂里的爽朗，
　　　在方寸天地永久地回荡。

　　　生前绘得万里锦绣，
　　　身后不为树碑立传；
　　　不求锦衣玉裳，

不求高棺厚葬；
只有这方寸天地，
给人留下缅怀和念想。

可以争得广厦千层，
可以争得金山万丈，
未必争得方寸天地，
盛一世英名，千秋榜样。

众人排队致敬，
未必有血脉相传的儿郎；
薪火相传的肯定是千秋大业，
国家才俊栋梁。

默哀，面向大海的致意，
沉思，面对高山的景仰。

2016 年 6 月于天津市

西安春行

忽然不见雪花飘飘，
抬头已是百花争俏。
路边捡起一瓣玉兰花残，
河畔轻拂一支鹅黄柳梢，
我惊呼，
西安的春天来得如此之早。

朋友开一瓶陈年西凤，
相叙重逢的喜悦和欢闹。
一片花影飘进酒盅，
飘来楼外的白杏红桃；
依稀记起当年的迎春，
今日似乎开得更艳，更妖。
且把酒与花一块饮下，
让春天驻在心底，生发美好。

春风拂面，
长安古城登高，
吻春的脸颊，赏春的容貌；
借得满城春色，

伸一伸拳脚，让青春回潮。
花香从远方阵阵袭来，
秦岭，秦川，一封请柬相邀；
面对千年文化灿烂，
却是无人言老。

春花，醉了西安古城，
春风，引领秦地风骚。

2018 年 3 月于陕西省西安市

乾陵访古则天帝

不知你称龙，还是称凤，
一千三百年相拥水绿山青；
不知你忠贞，还是荒唐，
一千三百年默默睡在丈夫怀抱中。

无字碑昭示着什么，谁也说不清，
其实，庄严的历史早就读懂。
读懂你不愿评判的功与过，
读懂你大唐抑或大周的强盛，
当然，更读懂前无古人的女性光荣。

你在阴冷的山洞里沉睡，
无论什么季节，再也难以把你唤醒。
我们猜想那个年代，那个时空，
曾经发生的故事，肯定保持着鲜活；
我们猜想你生前华贵，身后隆重，
无须述说，大幕垂落，一个时代告终。

有人说你是一个圆，从终点回到原点，
有人说你是一个梦，梦醒时分终归女性。

但是，你更是轰轰烈烈的历史正剧，
凤冠，王冠，都曾戴在你的头顶。
如今，你仍引发争议，引发批评，
一曲绝唱，
孰知龙凤和鸣，还是龙凤争鸣？

2018 年 3 月于陕西省乾县

盛景，盛世

宫灯？街灯？

今夜似乎难以分清；

宫舞？街舞？

今宵似乎也难以辨明。

霓裳飘飘，

今日平民装束，往昔却是王宫盛景。

盛景，

千军万马的呼啸奔腾，

君不见威风凛凛李世民？

盛世，

万民同乐，歌舞升平，

君不见风流倜傥唐玄宗？

笙箫齐奏，管弦同鸣，

太白醉酒，诗仙诗圣，

写一曲宫廷艳曲，谁能听懂？

那边，

落叶纷纷秋风里，

有谁听到杜甫的呻吟和伤痛？

流霞飞红，

撞进一彪人马，却是无比骁勇。

马蹄声碎，惊醒王朝的天梦，

飞镝留声，射中盛世的丧钟。

谁是祸水，

谁是元凶，

有人遥指马嵬坡上三尺白绫。

是谁挂起无数彩灯，

又是谁熄灭了这曾经无比璀璨的彩灯？

记住历史，

曾经短暂的亮丽，

曾经的举世强盛，

为什么消失得如此匆匆？

眼前，

月儿弯弯照长安。

月下，短信纷飞，

自拍，自录，无尽的闪光灯，

自歌，自舞，顷刻乱了时空。

时光的脚步越走越快，

历史的车轮越转越猛。

但愿不是一个朝代，一个年号，
而是盛世永恒；
但愿不是宫廷，
而是劳苦大众，
共同消费这普天下最奢侈的歌舞升平。

2019 年 3 月于陕西省西安市

棒棰岛望海

万里海风从大海深处吹来，

棒棰岛挺胸昂首，

腿不颤，手不抖，

只把海风揉成缕缕清凉，

送进山林，送进绿野，送进田畴。

千顷海浪从大海深处涌来，

棒棰岛勇立潮头，

眼不眨，眉不皱，

直让浪花一层比一层细碎和温柔。

远处，白帆点点，若即若离，

近处，游人指长道短，评肥论瘦，

不变的是棒棰岛，永远与大海相厮相守。

2018 年 6 月于辽宁省大连市

遗留在旅顺口的一片红星

也许感到一丝寂寥，
没有丰碑，没有花海，没有松涛；
只有默然开放的野花和萌芽的小草，
与一片红星相守相望，相拥相抱……

曾经飞翔在蓝天，
曾经搏击过海涛，
那时，何等威武，何等英豪！
曾夺下关东军带血的皮鞭，
曾砸开绞刑架下冰冷的镣铐，
与中国人民同庆胜利，欢歌舞蹈。

前面是旅顺口，
却不能搭上归乡的航道。
年年岁岁，
拥着头顶那颗红星入眠，
醒来时轻轻哼唱故乡的歌谣。

抬头是蓝天，
却不能飞回母亲的怀抱。

且把真理与正义常埋在心间，

这里已是桑梓地，这里青春不老。

我采了一束野花，

连同我的景仰和崇敬，

一起献到烈士墓前，默默哀悼。

2018 年 6 月写于辽宁省大连市

旅顺苏联红军烈士陵园

第三辑

西风古道

回来吧，运河的桨声

燃灯塔在这里躬身相送，
远去了，运河的桨声。

多想留住你的纤夫，
让河水映出一串强悍的身形；
多想抚遍你的垂柳，
让它拴住那条粗长的缆绳。

顺水漂走的船歌，
唱一段传说，一段文明，
不知今日印在谁家编撰的书丛？
随风飘去的船帆，
载一段佳话，一段风情，
不知今日写进哪部连续剧，哪部电影？

才子佳人，送走一代又一代，
诗词歌赋，覆盖一层又一层；
吴侬软语，顺水顺风向北方涌，
八方财富，争先恐后向京城送。

漕运码头经历千年风雨，
每块岸石都浸得苔藓青青。
挥一挥手，送君隐进历史深处，
时光的船只却不疾不徐向前航行。

梦里寻你百回，
千年河道又泛出日红，
春花秋月，只是换了两岸风景。
大河长流，不能没有你划桨的节奏，
梦想启航，不能没有你奋进的帆影。

城市的楼群盼你回来，
给你留出晾晒船帆的场坪；
假日的游人盼你回来，
还你一个波碧水清，风平浪静。

你听，
岸边一阵紧似一阵的呼唤，
回来吧，运河的桨声！

2017 年 9 月于北京市通州区

秋
山

秋天，大山美透了，
红色，黄色，向着漫山遍野乱抛。
抛出篱笆，是又大又圆的秋桃，
抛上树梢，是又脆又甜的红枣。
想尝的人，竹篱不是障碍，
想摘的人，为你送上箱包。

秋天，大山熟透了，
金穗低在山谷，银粒撒在山道。
原来，饱满的谷穗总是弯着腰身，
原来，向上的芝麻总是节节攀高，
孩子们似有领悟，似有思考。
捡几粒种子带回家学种，
试想，未经四季风霜成色难料。

2017 年 10 月于北京市密云区

圆明园诘问

我惊愕，
如此丰沛的水系，
为什么不能浇灭那场大火，
空留残垣断壁悲哀诉说？

如此高深的院落，
为什么阻不住强盗掠夺？
只能无奈地搂住万里归来的石首，
听其哭诉异乡漂泊，心灵折磨。

如此园中之园，美中之美，
为什么变得无尽丑陋，无尽残缺？
哪里找回你挺拔的脊梁，修长的四肢，
以及，令世人赞叹不已的多姿阿娜？

我与游人一起热议，一起思索，
也许，这里流水太柔，扬波太弱，
也许，强盗穿墙破壁，缘于自锁，
也许，这里的美，这里的艳，招致杀身之祸。

也许，还有很多因果，

只是，我们不应同情懦弱，同情逃脱。

2018 年 8 月于北京市

谒袁崇焕墓

丢失一个王朝，
留给你一块小小地盘，
葬你的忠烈，葬你的天下奇冤。

子嗣已绝，
香火却是不断。
燃烧你的半世功名，
燃烧你决战辽东，千里勤王，一身孤胆。

四百年不离不弃，
不是血缘，胜过血缘，
敬佩你的忠贞刚烈，大义凛然。

报国无门，
唯有仰天长叹。
断头路上誓言来生还守辽东，
然而，谁能懂你心愿，谁能遂你心愿？

不求封妻荫子，
不求全尸入殓，

只求记住历史上一个真实的袁崇焕！

2018 年 8 月于北京市

采 摘

　　沙石峪，
　　迎来采摘的秋天，
　　城里人采摘一份好心情，
　　乡下人采摘大把大把的金钱。

　　苹果满篮，
　　忽然溢出当年"活愚公"的汗水，
　　淌成清渠，流到金秋艳阳天；
　　葡萄成串，
　　忽然听到当年的开山斧，
　　劈开艰辛，震落寒星，赶走恶水穷山。

　　山路万里，沙土千担，
　　青石板上造出一亩田；
　　千层筑坝，百沟平填，
　　给后人留下果实累累的绿园。

　　我停下手中的采摘，
　　举目寻找当年的社员，当年的庄稼汉；
　　我珍爱树上的果实，

生怕辜负当年的柳筐，当年的扁担。

明年，
我还要领着朋友采摘。
采摘当下的好日子，
采摘久违的、庄稼人的诗篇，
采摘一种精神，叫作"愚公移山"。

2016 年 9 月于河北省遵化市

注：河北省遵化市沙石峪是 20 世纪 60 年代农业战线的先进
典型，面对穷山恶水，他们战天斗地，开山引水，万里千担一亩田，
青石板上创高产。周恩来总理曾赞誉他们是"当代活愚公"。

板栗酒

板栗酿酒，
或甜，或辣，
或淡，或稠。

乾隆说，
这酒浓烈，
伴朕平叛西北，
万里开疆争斗；
这酒甜润，
国宴节庆添乐，
内廷御膳解忧，
圆润净爽，醇和绵柔。

老农说，
这酒甜淡，
快乐是一杯酒，
辛累也是一杯酒。
勤苦发酵，汗水蒸馏，
倒也其乐悠悠；
酒坊酒肆白了发，

倒也健体强身，润心润喉。

战友说，
这酒黏稠，
凝边关冷月，
铸大漠春秋。
哨位上的保温瓶，
悄悄掺入酒，
巡逻路上的水壶，
偷偷灌满酒；
天地宽，岁月厚，
浓浓都是板栗酒。

2016 年 9 月于河北省遵化市

白洋淀荡舟

小船悠悠，
我却禁不住频频回首。

当年的抗日烽火，
似乎燃烧在这片苇荡，这条河沟；
传奇的雁翎队，
击碎鬼子多少进剿的阴谋。

昨日的淀水承载着光荣，
我爷爷苇荡里穿梭，大浪里搏斗；
昨日的苇荡点燃着烽火，
我爷爷高擎一杯胜利的酒。

我欲续写爷爷的传奇，
淀水深处开航道，建高楼；
借用雁翎队留下的轻舟，
荡起双桨，追赶时代的潮头。

我欲追寻爷爷的队伍，
换一种兴趣，看飞鸟，采莲藕；

脱掉西装，戴起斗笠，
让日新月异的日子尽享碧水清流。

桨声颤颤，
小船沿着新的水道乘风破浪，
白洋淀正是大显身手的时候。

2016 年 10 月于河北省白洋淀

登丛台

登丛台，

但见赵国七贤同来参拜，

这里演绎诸侯争霸，豪情澎湃。

胡服骑射，告别丛台，

武灵王争衡天下，成就霸业一代；

祥云飘飘，涌向丛台，

邯郸城歌舞升平，将相和解，文武无猜。

丛台叹惜，

赵括兵败，

四十万尸骨无处葬埋。

即使丛台毁了又筑，

却惹得天下耻笑，辜负了历史厚爱。

今日回首，

不知丛台是高是矮，

也不知登台之路是宽是窄。

如果丛台再高一层，

或许可以触到天高云白；

如果登台之路再宽一尺，

说不定从此可以直达九州四海。

2018 年 5 月于河北省邯郸市

注：丛台位于河北省邯郸市内，建于公元前 325-公元前 299 年间，是当时赵王检阅军队和观赏歌舞之地。

祭左权将军

你静静地躺在这里，
身后是驰骋太行的铁马金戈。
可恨那阵无情的炮火，
掀翻你的战马，
淌尽你的热血。
你多想肩负那柄大刀，
告慰太行山，告慰清漳河；
你多想留住八路军的威武，
拴好战马，理好戎装，
与祖国、与亲人做一个深情的告别。

你静静地躺在这里，
身后是鲜花盛开的田野。
在你血沃的山冈，
早耸起鳞次栉比的楼座；
在你歇息的军营，
到处洋溢着铺天盖地的欢乐。
你整整孩子们的红领巾，
与他们讲述那场战争的惨烈，
珍惜共和国的每一季花开花落。

你静静地躺在这里，

看祖国日新月异，光芒四射，

看大地春意正浓，盛世长歌。

2018 年 5 月于河北省邯郸市

回太行

——写给骨灰安放在太行山
将军岭的共和国元帅与将军们

你回来了，
赤岸村的丁香又一次为你绽放。
送给你，
清风，鲜花，阳光。

石板路为你扫得净亮，
出征时的彩霞，
凯旋时的夕阳，
写成民族解放的壮丽诗行。
这条路，
让你走得踏实，走得舒畅。

司令部旧址为你肃立，
作战态势图依然挂在墙上。
那时，你在图中猛划一笔，
利剑直插日军心脏。
对面的戏台虽未响过锣鼓，
却让 129 师演绎一幕大戏，铿锵激昂。

当年的儿童团为你列队，

津津乐道，
是你教他们识字，打枪；
当年的民兵仍然健壮，
为部队抬担架，埋地雷，
战斗在丛林与山冈，换命疆场。

你的房东又烤熟了红薯，
煮好了野菜汤；
难忘太行母亲的乳汁，
一滴一滴把子弟兵喂养。
进山时九千将士，
出山时四十万大军，兵强马壮。

太行的儿子载誉归来，
归来时挂满金灿灿的勋章。
如今江山锦绣，
千秋万代，血脉融入太行。

2018 年 5 月于河北省涉县赤岸村
八路军 129 师司令部旧址

磁山之光

八千年，在磁山，
我惊喜地遇到你，我的祖先。

你爬上高高的核桃树，
摇落果实一片。
沿着河流，沿着山峦，
遍野谷穗弯弯。
你的石刀，石镰，
挥舞得那么娴熟，那么干练。

你赶出饲养的家畜，
牛羊一群，鸡鸭一院。
你热情款待八千年的子孙，
烤熟了兽肉，煮熟了鸡蛋；
我饶有兴趣地品尝，
原来美味千年保鲜。

你端上自己烧制的陶钵陶罐，
尽管些许粗糙，却也足够惊羡。
你不无炫耀，

150

三足钵稳定，小口壶精湛；
舟形碗实用，穿孔杯美观。

你把贝壳磨成饰物，
向我展示，为我表演；
你高高举起鱼镖与骨箭，
向我炫耀，为我示范。
原来八千年的父亲巧如鲁班，
原来八千年的母亲美若天仙。

你拉着我向磁山登攀，
眺望东方一堆圣火，
指引你的子孙，
采撷文明火种，续写新的诗篇。

2018 年 5 月于河北省武安市

注：磁山新石器时代文化遗址发掘于河北武安市。磁山文化的发现，是 20 世纪 70 年代中国考古学史上的一件大事。磁山文化遗址以品种齐全的陶、石、骨、蚌器及以粮食窖穴为主体的生活遗迹，在新石器时代诸文化遗址中独树一帜。

喜峰口留下一段传奇

拨开一片荆棘，
仿佛看到历史风云裹挟着的那支铁骑。
多尔衮簇拥着年幼的顺治皇帝，
向北京城疾驰而去。
苍老的喜峰口呵，
不知是悲戚还是庆幸，
一个帝国奇迹般在东方崛起，
大清一统，开疆展土，所向披靡。
你不仅见证金戈铁马、斧钺剑戟的无敌，
也见证了民族融合的漫漫历程，和风细雨。

曾几何时，
抗日的大旗在长城上猎猎挥动，
一座座城垛都回荡着《大刀进行曲》。
悲壮的喜峰口呵，
你挡不住日寇疯狂野蛮的铁蹄，
却记下一段历史的可歌可泣；
你见证的是狼烟，是抗击，
是血泪横飞，是中华民族的刚强不屈。

又是山川起舞，

祥云飘飘，山岚缕缕。

英雄的第四野战军，

翻过喜峰口入关，

摧枯拉朽，冲向祖国解放的枪林弹雨。

喜峰口兴奋得手舞足蹈，

打开紧闭的城门，铺平大道，

让大军奔赴平津战场，英勇杀敌，

你在呐喊，你在声援，你是一峰开路的火炬。

2017 年 6 月于河北省宽城县

山庄遗忘了帝王霸业

坝上围猎，
只为铭记祖先的策马争斗，
只为大清江山万代千秋。
山庄迎帝驾，筹粮草，
备几副硬弓，灌几壶烈酒，
木兰围场尽显八旗子弟雄气赳赳。

四海归顺，八方来朝，
挡不住的滚滚铁流。

管不住子孙后代，
山庄只剩下养尊处优。
远处刀光剑影，
眼前却是笙箫齐奏；
京城百姓涂炭，
这里却是戏水泛舟，
充耳不闻割地赔款，江山蒙羞。

我猜想，
咸丰帝闭上眼睛的时候，

山庄早把帝王霸业遗弃在脑后，

大清社稷气数已尽，

山庄风雨飘摇，门楼紧闭，草枯树朽。

2017 年 6 月于河北省承德市

雨中伞花

是谁伴你走草原？
是谁伴你来看雨？

伞花开了，
情人相拥相依，
伞花下吸吮爱的甜情蜜意；
伞花开了，
心花也绽出蕊，
吐出孕育多年的美丽。

是谁拨动你的琴弦？
是谁吟唱你的小诗？

伞花收了，
吉他却没有停息，
宁愿让雨把爱情淋湿；
雷声渐远，
带走了草原上的缠绵，
带走了小雨中浓浓的爱意。

156

君不见，

伞花斑斑斓斓，

一直飘向望不到尽头的天际。

2017 年 8 月于河北省张北县

守望小村的姑娘

炊烟袅袅升起，
姑娘把羊群赶进草场。
举目眺望，
一颗空落落的心，
系着牵挂，系着远方。

身旁的羔羊，
如今已长得又肥又壮，
远方的人为什么不回来宰杀，品尝？
地里的莜麦，
如今已是黄了又黄，
远方的人为什么不回来收割，打场？

村后的小树林，
每日都是百鸟争鸣，野花争香，
常让姑娘想起那阵清脆的口哨，
不知今日为谁人伴唱；
当年的身影依稀远去，
空留渠水寂寞流淌，滴滴苍凉。

小村庄，北风殇，
小平房，瓦上霜；
那份孤寒，那份惆怅，
常令姑娘泪流两行。

一副羊鞭在这里守望，
守望绿水青山，守望鸡鸣犬吠，
守望年年岁岁莺飞草长，日辉月光。

2017 年 8 月于河北省张北县

登临元上都遗址

登上高高的元上都废城，
但见残垣断壁，砖瓦凋零。
举目四周是茫茫无际的草原，
哪里去寻元世祖忽必烈的身影？

草丛，迎着漠风挺立的草丛，
分明隐着忽必烈独霸天下的威风；
木桩，八百年不朽的木桩，
聚集蒙古铁流百万，战马嘶鸣。

我仿佛看到大安阁凌云高耸，
擎起元朝的巍峨与峥嵘；
我仿佛看到牡丹与荷花在草原盛开，
一条苍龙萦绕皇宫，壮丽恢宏。

我仿佛听到穆清阁鼓乐齐鸣，
贵族正襟危坐，银盏乱碰；
烤全羊，马奶酒，草原大庆，
内城外城，千座篷帐，都是醉意朦胧。

忽见元世祖披起铠甲铮铮，

巨手一挥，十万旌旗涌动。

如此兵器铁冷，矛尖弓硬，

点起篝火，又是宣誓出征。

我仔细辨认帝国的宫城，皇城，

这片草原，令人膜拜，令人尊敬；

我虔诚追寻帝国的业绩，帝国的文明，

在民族的长河，百代不朽，千古传颂。

2017 年 8 月于内蒙古自治区锡林郭勒盟正蓝旗

八月草原

八月，

草原上的花，

依然蓝，依然紫，依然红。

有人挑逗草原，

有人绽开风情，

八方游客采撷草原的千姿百媚，

采撷美丽的人注定月貌花容。

八月，

草原上的云，

愈发白，愈发淡，愈发清。

飘落山冈镶一层锦，

飘落河流铺一层银，

如果有幸飘进客人的心底，

定会美妙你的想象，纯净你的心灵。

八月，

草原上的风，

吹得冷，吹得猛，吹得硬。

牧人自有一副被风吹黑的脸膛，

骏马自是喜欢在秋风里奔跑驰骋；

如果客人有幸抓住一缕，

定会强壮你的骨骼，剽悍你的身形。

蒙古人的八月，

长调，短调，一直把人唱得醉意朦胧。

我欲与八月的风同行，

追寻天边的星星，邂逅史书中的英雄。

2017 年 8 月于内蒙古自治区锡林郭勒盟

根河十八曲

你从大兴安岭流来，
似乎带着森林的狂野和原始；
流经草原，
平息了你的放浪不羁。

看一眼蒙古族人的哈达，
你慷慨地献上吉祥如意；
听一曲牧人的长调，
你和上悠扬动听的旋律。
在你身旁，
永远是草原民族的无忧无虑。

你向额尔古纳河奔去，
步履深深浅浅，踪迹弯弯曲曲。
牧人总想把你挽留，
留住你的风韵，挽住你的英姿；
外来的宾客更是多情，
总想搂着你吟一首美妙浪漫的诗。

你依然微笑，

恋恋不舍拥着岸边的牛羊亲吻；
你依然挥手，
赐予我们一个清凉舒适的夏季。

根河十八曲，
我知道，
你是额尔古纳草原的灵魂，
你逶迤前行，潇洒，惬意。

2018 年 7 月于内蒙古自治区额尔古纳市

白桦林赋

一树泪眼淌着淡淡的忧郁，
一树高枝随手触到蓝天白云。
兄弟姐妹簇拥在一起抵御风寒，
老者慈爱地护住未成年的子孙。
即使百年朽去，
也留下一缕清白纯洁的灵魂。

一株似懵懵懂懂的少年，
高挑着无忧无虑的童真。
一株似亭亭玉立的少女，
隐着贞操，羞赧，拘谨。
一株似历经沧桑的老汉，
终身高洁，修身养性，不染污尘。

2018 年 7 月于内蒙古自治区额尔古纳市

呼伦贝尔恋歌

我迷失在呼伦贝尔草原，
胯下的骏马奔向绿色天边。
看山，披起绿油油碧毯，
看地，铺满毛茸茸绿毡；
五彩缤纷的花朵，
犹似点点繁星坠落其间。
我忘情地投入大草原怀抱，
甩掉墨镜，褪去衣衫，极尽缠绵。

我陶醉在呼伦贝尔绿色的浪漫，
享受每一阵风轻雨细，雾薄云淡。
远处飘来一曲蒙古长调，
天籁之音，宛如情人呼唤；
天边现一座吉祥敖包，
且看姑娘舞起窈窕的身段。
我也即兴捧起哈达，
献给呼伦贝尔一个虔诚的祝愿。

我搂一只温顺的羔羊，
共同享受草原赐予的美餐；

一群骏马朝我奔来，

让我读一段雄奇和矫健；

多想与吃草的牛群合影，

又怕扰乱草原的静谧和悠闲。

于是，我走进蒙古包做客，

盘腿与牧人共饮同唱，今晚不醉不还。

2018 年 7 月于内蒙古自治区额尔古纳市黑山头

探出深山的树干

那棵青松，那根树干，
如何探出峡谷，探出深山，
在阳光下看飞瀑淙淙，细流潺潺。

似乎害羞，似乎腼腆，
深山掩藏了你的岁月，你的情感，
就让这世间百态，芸芸大千，为你打开眼帘。

2018 年 7 月于内蒙古自治区额尔古纳市黑山头

我是堂堂正正中国人

未开口，总有一丝异族的生分，
开口笑，朗朗普通话异常标准。

讲祖母，一段流离颠沛的传奇，
讲祖父，一条扁担两只筐的艰辛。
两颗孤独的心相逢，
生出依恋，生出怜悯，生出温馨。

祖母砌起俄国的列巴房，
从此，淡淡的炊烟飘出深山老林；
祖父肩起拓荒的镢头，
从此，山前山后都是丰收的喜讯。

怎样的泪水，怎样的汗水，
滴进黑土地，顽强扎根；
怎样的情感，怎样的爱恋，
依偎着黑土地，繁衍后代子孙。

不去追忆往昔深山的寒冷，
且看今日儿孙满堂，福音绕门；

170

不再分辨高鼻梁，蓝眼睛，
且看家庭和睦，尊老爱幼，众人一心。

白皮肤，黄皮肤，融合成新的皮肤，
融合成同一种血脉，同一种语音。
我自豪血管里淌着中国人的血，
五十六朵民族之花，我更清新娇嫩。

嗬嗬，你看我长得像异族，
别误解，我是堂堂正正中国人！

2018 年 7 月于内蒙古自治区额尔古纳市恩和乡

额尔古纳两岸

额尔古纳河北流，奔腾不息，
右手拉着自家儿郎，
左手拉着旁舍邻居，
一路窃窃私语。

左岸的人家异常安静，
没有车水马龙，没有犬吠鸡啼，
尖尖的屋顶鲜有炊烟袅袅，
空中飘着一面半旧的三色旗。

小村庄似乎尚在睡梦中呢喃，
揉揉眼睛，等待启明的钟声响起。
睡梦中拥着郁郁葱葱的绿野，
拥着大国的威严，东正教的秘籍。

右岸的儿女迎来旭日冉冉，
蜂拥而至的游客打破小镇的寂静。
昨晚刚刚散去满街烧烤的烟雾，
晨曦初露又是喇叭高叫，游人如织。

大把大把的钞票往这里扔，
大吆大喝的小贩往这里挤，
小镇早已忘记身处边陲的冷漠，
山前河畔摊开一片片土木工地。

半江水流载着游艇穿梭，
红旗飘处，自诩自论莺歌燕语；
半江水流依然波澜不兴，
泊两只旧船，几乎猜不透年纪。

兴奋的人群笑看彼岸清冷，
悠闲的人望着对岸霓虹生疑。
额尔古纳低头前行，
繁华或浮躁，沉静或沉寂，满心思虑。

2018 年 7 月于内蒙古自治区额尔古纳市室韦镇

蒙古之源

烈酒浩歌，

铁马硬弓，

试看天下谁是英雄？

折箭训子，

众志成城。

灭塔塔尔部，

破花剌子模诸城，

打败金国，降服耶律氏，

一股铁流在这片草原上驰骋。

英雄在室韦诞生，

倚山的威，借水的猛，

注定要纵横天下，青史留名。

额尔古纳的水百折不回，

蒙兀室韦的兵百战百胜，

蒙古人从这里走向强盛，

跨上战马，入主中原，蒙汉一统。

回望处，

十万战阵，蒙古大营，

每一座都令人膜拜，令人追崇。

2018 年 7 月于内蒙古自治区额尔古纳市室韦镇

大兴安岭写生

林，一山比一山密，
树，一株比一株粗，
漫过山顶，塞满山谷。
头顶的阳光被切割得支离破碎，
脚下却是一副绿荫浓浓林海图。

山顶云雾缠绕，
似丝，似带，飘飘拂拂。
山下细雨成溪，
在森林里忘情地奔跑，欢呼。

低头致敬，
枯树与大地生死相依，
没有呻吟，没有哭诉，
只有宁死不屈的铮铮风骨。
山风阵阵吹来，
犹为逝去的灵魂超度。

踏上猎人之道，
难寻凶猛抑或柔顺的动物，

昔日的狗熊，野猪，梅花鹿，
不知今日吼在何处。
兴安岭需要这些音符，
为森林凑趣，才有和谐和睦。

远处，
仿佛又听到那首歌，
走上这高高的兴安岭哟，
听得如痴如醉，唱得跌宕起伏。

2018 年 7 月于内蒙古自治区额尔古纳市莫尔道嘎

苍狼与白鹿

苍狼与白鹿，
在辽阔的大兴安岭跑累了，
于是，卧在激流河畔歇息。
互相挠一挠耳朵，
顿时竖起一排刀枪剑戟；
走出深山，身后旌旗漫卷，
熔山化铁，将要开辟新的天地。

苍狼与白鹿，
在茂密的森林里寂寞了，
于是，卧在激流河畔亲昵。
互相舔一舔眼睛，
便有子孙后代繁衍不息；
从森林到草原，从草原到中原，
传承奔跑的基因，祖祖辈辈没有遗失。

2018 年 7 月于内蒙古自治区额尔古纳市莫尔道嘎

鄂温克最后一位酋长

我怀着朝圣般的心情，
拜见玛利亚·索，
向百岁酋长尊一声吉祥，
道一声感谢。

不用交谈，
我便知晓四百年森林狩猎的奔波；
不用多问，
我便读懂鄂温克人使鹿生涯的苦乐。

白桦皮上的图案告诉我，
你率领你的子孙度过怎样的岁月；
白桦皮做成的用品告诉我，
你从贝加尔湖带来的传说没有泯灭。

身上的鹿皮衣告诉我，
你带领你的族人，
如何抵御大兴安岭的冬夏雨雪；
桌面的鹿制品告诉我，
鹿背上构造的文化在森林中熠熠闪烁。

驯鹿是你生命的全部，

有了这群精灵，你的心血不会枯竭；

守住驯鹿，便守住人类最初的纯真，

守住这片相依为命的森林，

守住这片圣洁。

也许你是最后一位酋长，

但是你不会是鄂温克的最后狩猎者。

当族人为你烤熟列巴，

当驯鹿围你舔食苔藓，

我相信，鄂温克的历史还要继续书写。

大兴安岭有幸，

拥有四百年不弃不离的鄂温克；

我们有幸，

在现代都市见证一个活化石部落。

2018 年 7 月于内蒙古自治区

额尔古纳市莫尔道嘎 – 根河市

右玉，撒下漫山遍野的绿色

不生在湖畔河边，
也不生在肥沃田野，
却生在毛乌素边缘的秃山荒坡，
你的名字叫右玉，叫震撼人心的绿色。

那片荒滩，那个岁月，
没有春天的缠绵，
没有清风细雨的滋润，
唯有塞外孤寒，狂风肆虐。

然而，
谁能阻挡你对绿色的渴望，
谁敢轻视你愚公移山般的信念和执着。
你要告别光秃秃的群山和沟壑，
告别贫瘠的呻吟和折磨。

孕育你，
一桶一桶的汗水，
一筐一筐的干馍，
一锹一锹的艰苦卓绝，

一任一任县委书记薪火相传，
十万劳苦大众默默流淌的血。

捧着你苍老的脸颊，
指缝间滴下七十载冬寒夏热，
种下美好的未来和希望，
收获座座青山，葱葱绿野。

吻着你迷人的眼睛，
分明吻着山岭滴翠，吻着碧水清波。
你在诠释久久为功、善做善成，
你在咏诵一曲人定胜天的战歌。

2019 年 5 月于山西省右玉县

捡起长城上一块旧砖

捡起长城上一块旧砖，
分明扶起历史深处的士兵，
威风凛凛。

拂去尘封的时光，
显现戍边的军队，
长缨遍野，铁流滚滚。

砌在万里长城，默默无闻，
坚守着自己的哨位，自己的军阵。
即使枪林弹雨，即使飞矢流镖，
丝毫没有逃脱，没有退却，没有藏隐。

我仔细揣摩，
读出一丝苦涩，两行泪痕。
春风和鲜花不知飘向何处，
唯有边关飞雪一天，冷月一轮。

我百般端详，
辨不出乡关，听不出乡音。

似乎记在史书的那一页，那一行，
今天都湮没在滚滚红尘。

我祭上一杯烈酒，
奉上一腔热忱，
慰藉千年不散的边塞军魂；
就让它陪伴
边关的每一个黎明，每一个黄昏。

2019 年 5 月于山西省右玉县杀虎口

西风古道

循着一条古道，
石径颠簸，
西风吹过，骆驼踏过，商队走过。

口内，口外，
一条长城相隔。
古道隔为两截，
隔不断的是民族之间的漫长融合。
西风古道见证，
怎样牵手，怎样揖别，怎样热络。

口内春风拂面，
几多丝绸，几多茶叶；
口外黄沙漫漫，
风吹草低，天荒地野。
挤过这条古道，这座拱桥，
见识彼此的风情，欣赏彼此的景色。

胡人，汉人
这边在送，那边在接；

友人，敌人
在历史进程中几度转换角色。
消失了刀光剑影，铁马冰河，
唯有贸易的长队，且酒且歌。

2019 年 5 月于山西省右玉县杀虎口

题雁门

大雁盘旋在长空，
聆听雁门关战鼓喧天，
俯瞰雁门关巍峨峥嵘。

三千年前的姬幸，
六代戍边雁门写下无尽忠勇；
赫赫战将卫青、霍去病，
满门忠烈杨令公，
碧血丹心，英雄一世，献给边关纷争。

坚硬的盔甲，
血染的斗篷，
无数英雄折腰，
终究是衰草枯黄，墓碑冰冷。

如今大雁不知飞向何处，
唯有城楼上的英雄群像，
一尊尊仍然令人热血沸腾。

雁门立庙，

为戍边的将士赢得一缕香火；
雁门立碑，
为长城上每处垛口、每处烽燧题名。

雁门依旧，
只是那战马嘶鸣都湮没在浩渺的时空中。

2019 年 5 月于山西省雁门关

第四辑

心灵话语

昨天的字迹，今天的轨迹

——重温少年笔记

这些字好像是刚刚写下，
既熟悉，又陌生；
这些习题好像刚刚演算完毕，
正确的，在那里炫耀自豪，
错误的，在那里瞪着眼睛。

当年怀着少年的梦想出行，
父亲把它藏在箱底，
光阴覆盖一层又一层；
今天从远方载誉归来，
才发现这些文字竟也苍劲凝重。

那道函数式，似乎能画出一生轨迹，
或扁，或圆，或敛，或纵，
冥冥之中早有论定；
那篇小文，似乎描绘出自己的未来，
或平安，或坎坷，或卓越，或平庸。

如果当时一撇一捺写得不够周正，
来日必是歪歪斜斜的身影；

如果当年有一题计算失误，

或许人生误入歧途，迷失航程。

2012 年夏日

亲逝

一双小脚已经走远，
只留下泥泞中的
　　踟蹰，伤痛，坚韧；
餐桌上的酸楚已经走远，
只记得咀嚼生活的苦涩和艰难，
一身疲惫，一脸茫然。

像落叶无声无息飘落在秋风里，
再也寻不到生命的踪迹点点；
像夜空中渐渐隐去的星辰，
留下一段光亮，一段绚烂，似梦似幻。

也许，他们还顽强地
　　活在亲人无边的伤痛中；
唯有痛，让人不会感到孤单，
唯有泪，让人感到亲情还没有飘散。

也许，他们还顽强地

活在亲人无尽的祈祷中，
祈祷留下一丝喜怒哀乐，
祈祷来生继续与我血脉相连。

2014 年夏日

温情雨伞

我永远不会忘记，
你递给我的那把雨伞，
一直在我的心海里飘飘摇摇，
从雨天到晴天，从昨天到今天。

我已忘记那伞是红还是蓝，
但是却不会忘记它遮挡住的风寒；
我已模糊了那份年岁，
但是却不会模糊那个时段，
肯定是夜晚更深，雷鸣电闪。

细雨绵绵的时候，
你莞尔一笑与我告别；
风暴雨骤的时候，
你转身钻进了雨帘，
雨在漫延，爱也在漫延……

2015 年夏日

老栗树

六百年了，
你还站在这里，
不是老态龙钟，
而是精气勃发。

见过兵荒马乱，
经过车碾人踏；
送走一夏一夏的青绿，
留下一秋一秋的果黄；
朱氏皇族，
爱新觉罗家，
树下劳作的大众，
都曾品尝你的天地精华。

刚刚六十岁，
我已耳目滞呆，腰酸腿麻；
几少冰雪，
几少霜花，
只在树下玩耍，
竟然谢了顶发脱了牙。

六十年，

我终于明白自己渺小；

六百年，

我终于知道你很伟大。

2015 年 8 月 1 日

夜

夜的三维空间在加速膨胀，
夜的一维时间在无限延长。

谁能望穿夜的天窗？
唯有心灵的眼睛；
谁能跨越夜的漫长？
唯有心灵的翅膀。

2015 年冬日

外面落雪了

外面落雪了，
一瓶老酒把我堵在小屋。
我的心，
霎时被酒煮沸，
早已忘记寒风中的冷漠与孤独。

外面落雪了，
灶间却升腾一屋春露。
我似乎看到春暖花开，
冬眠的大地开始复苏，
冬眠的心灵也开始复苏。

2016 年 3 月

雪 聚

窗外雪花飘飘，
室内诗意浓浓。
或高亢，或深沉，
或欢乐，或悲愤；
飘散寂寥，
留住温馨，
相知，相亲，相近。

雪的那边，
是艰难跋涉的征人；
雪的这边，
君子乐诗，清茶一杯。
悄悄地聚，
也悄悄地散，
雪夜淌一曲浓浓新韵。

2016 年 3 月

离
开

离开时，
我只想把理想留下；
任未来的土地肥沃抑或贫瘠，
她都会顽强地吐蕾绽花。

离开时，
我只想把道德留下；
任季节更迭，暑来寒往，
她都会迎着风霜抽枝发芽。

离开时，
我只想把形象留下；
即使枯黄了记忆，
也不会模糊那副身姿，蓬勃挺拔。

离开时，
我独不会把金钱留下；
银子总有花光的那一天，
我担心听到呼天抢地般哭骂！

2016 年 4 月

守望

每一次守望，
都是为了把你送向远方。
不知旭日东升，
不知寒夜漫长，
只盼你归来时不再苍凉。

劳其筋骨，
困其心志，
竟然只是为他人作嫁衣裳。
如果没有你，
我甚至忘记了昼短夜长。

今日又是默默守望，
但不会瞻前顾后，徘徊彷徨。
不想淡忘，已是淡忘，
不是辉煌，胜似辉煌。

2016 年 4 月

爷爷对你说

丽日蓝天，

红墙碧瓦，

望不断的高楼大厦。

快让爷爷抱抱，

去看路边盛开的迎春花。

你看爷爷没了头发，

却不知爷爷骑马挎枪走天下。

四十年塞北，

五十年黄沙，

逝去多少青春年华。

黑头发，白头发，

献给了边关，献给了国家。

不要担心，

爷爷的腰身依然挺拔。

山上的高高低低，

路边的坑坑洼洼，

统统踩在爷爷脚下；

天上的风风雨雨，

地下的叽叽喳喳，
伴爷爷谱一曲新歌佳话。

爷孙相牵，
夕阳西下，
一副多么美妙的风情画。
你替爷爷数着逝去的岁月，
爷爷看着你无忧无虑玩耍；
你挽着爷爷一天天老去，
爷爷却盼你一天天长大。

2016 年 4 月

难说再见

我拿着机票向登机口走去，
一双凄婉的目光正凝视着我的背影；
我的步履离开的沉重，
你的目光哀伤而多情。

其实，
你不必过度伤感，
我最怕看到你淌泪的眼睛；
其实，
你不必过多叮咛，
我不会忘记自己终生担当的使命。

你的雪山晶莹剔透，
就像我的心灵一样圣洁纯净；
你的大漠蜿蜒无边，
让我难以忘怀边关岁月峥嵘。
千顷黄沙，万里漠风，
时刻都在我心底呼啸轰鸣。

看大漠日出，

我在德令哈数星星

我用青春火焰把戈壁涂红；
送夕阳西下，
我用生命节拍把边塞咏诵。
绿的弱水，
黄的胡杨，
流淌在大漠的血把季节时钟拨动。

昨天，
你把心海敞开，
荡涤我的心灵，孕育我的忠诚；
今天，
你又递我一杯红茶，
让我品味曾经的分别和重逢，
品味不同的命运与人生。

我的根在大漠，
大漠深处自有涌泉淙淙；
我的生命在大漠，
离开大漠我会枯萎生命的青葱。

我不敢回首，
生怕锁住自己的脚步；
我不愿说再见，
再见，在祝福中，也在梦中。

2016 年 4 月

山村有位农民朋友

春风徐徐吹来的时候，
我想起山村有位农民朋友。
一杯清茶也许泡不出香醇，
一壶老酒却是正宗二锅头。
杯盏有些茶垢，
酒具没那么讲究，
手挽手盘腿坐进热炕头。

春花悄悄开放的时候，
我想起山村有位农民朋友。
一副黝黑的脸膛竟映红了桃花，
一双粗糙的大手能把蜂蝶引诱；
原来是劳动汗水的芬芳，
其香才如此醇厚。
莫看脚上牛粪渍渍，
莫看手上老茧硬透，
其美胜过山花秀。

2016 年 4 月于北京市平谷区

野
花

如此多如此美的野花在院前开放，
洁白，绛紫，粉红，淡绿，鹅黄；
去年葬下一片桃花，
今春果然生出美艳与芬芳。

清晨，花蕊中的露珠晶莹闪亮，
为伊人反射绚烂的五色十光；
入夜，花香在空气中弥漫开来，
无拘无束地沁入心灵中最干涸的地方。

身旁的山楂树被挑逗得发痒，
随即把透体的衣裙抛入花丛中央；
迟开的枣花似乎羞羞答答，
未料想输给野花一段幽香。

报喜的鹊鸟从花丛中飞离，
带着欢乐，煽动香透的翅膀；
麻雀们自知难登大雅，
钻进花丛偷一段美的幻想。

一角闲地就这么不甘荒凉，
无人种植，美丽却是年年疯长；
广袤的田野一定花团锦簇，
城里人欣赏，田里人也会欣赏。

2016 年 5 月

地下落满熟透的杏子

好一片金灿灿的杏林，
好一座诱人的采摘园。
品尝，树上的杏子很甜，
偶发现，落地的杏子其实更甜。

只是，
熟落的果实失去采摘价值，
无人垂爱，无人眷恋；
只有大地毫不嫌弃，
默默接受果实成熟后的腐烂。

2016 年 6 月于北京市平谷区

关掉手机

关掉手机，
便关掉这个纷扰的世界；
给自己的心放一个简短的假期，
回到过去，好好歇息。

关掉手机，
不再划动跳跃的荧屏，
让手恢复本来的功能，
使筷子，拿笔。

关掉手机，
不知能关掉几多时日？

2016 年 6 月

一片树叶的感叹

被昆虫蚕食得支离破碎，空空荡荡，
懒洋洋挂在没有生气的树杈旁；
偶抬头，望一眼苍茫大地，
似乎与我同样境况，同样凄凉；
只可惜，浩浩春风与暖阳。

我禁不住恐惧，惊慌，
生怕找不到赖以生存的绿水和山冈；
当大地被跨越的脚步踏遍，
落叶飘零，只留下梦的衣裳。

2016 年 6 月

212

与青春相逢

那晚，青春曾敲打我的窗棂，
我赶忙放下笔，出外相迎。

捧起青春的脸仔细端详，
握住青春的手不肯放松，
搭上青春的翅膀飞翔而去，
梦醒时分，已是多半人生。

今晚，相同的月亮，相同的星星，
我在这里等待再次与青春相逢；
翻开厚厚的传记，
反复揣摩青春留下的签名。

似乎，没有了稚嫩与青涩，
只留下一副秋果累累的画屏。

2016 年 7 月于旧楼老屋

时光与渠水

从上世纪中叶走到今天，
少年，早已物是人非；
从上世纪中叶流到如今，
渠水，依然清冽粼粼。

时光易逝，
日月无痕。
就凭一张苍老的脸庞，
就凭一脸粗糙的皱纹，
渠水奇迹般唤出我的姓名。

都说
世间最易改换的是人面，
世间最易浮动的是人心。
望着渠水，
我庆幸自己非常幸运。

2016 年 7 月于旧楼老屋

云

一会儿像条龙，
一会儿像条虫。
阵风吹过，
龙或许变成虫，
虫或许变成龙。

一会儿黑沉沉，
一会儿红彤彤。
我猜不透，
哪一刻是你的热忱，
哪一刻是你的阴冷。

2016 年 8 月

蚊虫肆虐的季节

这是田间最普通的劳作，
却引来蚊虫叮咬，飞蛾扑啄；
为了一碗不咸不淡的白菜汤，
竟舍弃身上如此鲜活的血！

有劳作，就有扰乱，
有舍弃，才有收获。
过了这个季节，
你会拂着伤口，咀嚼，思索，
而眼下，只能
忍受小东西作恶，享受这份折磨。

2016 年 8 月

朋友远方来

千里迢迢，
您来看我家的喜鹊；
终究没有让您失望，
清晨一曲高歌。

不是凤凰于飞，
不是杜鹃啼血，
它只是轻轻提醒，
亲情，自当时常挂念，
友情，万万不可忘却。

于是，我
开一瓶好酒，
煮一壶新茶，
忆春的艳红，秋的丰硕；
念夏的狂野，冬的飞雪。

2016 年 10 月

拥着月亮入梦

今夜，我不愿落下窗帘，
总想让明晃晃的月亮陪我入眠。

梦里月儿圆了，
殊不知，圆圆缺缺，总在天上；
梦里月儿暖了，
殊不知，冷冷暖暖，却在人间。

露水湿透的月亮，暖中有寒；
与心同圆的月亮，才是真圆。

2017 年 10 月

听 雨

思绪，
像雨一样时续时断，
断在当今，却续在昨天，
安得雨声忆当年。

谁也说不清，
季节更迭为何如此匆匆；
谁也猜不透，
欢欣与忧思为何总是相伴相牵。

既然留不住季节的脚步，
也就不必惋惜，不必感叹。
只要吻过大地，爱过夏天，
又何必苛责秋雨送走华年。

渡过生命的河流，
勿论风平浪静，抑或激流险滩。
但愿秋雨不会淋湿下一段旅途，
即使再走一遭，劝君必须学会撑伞。

2017 年 10 月

小村尚在睡梦中

躲在山坳，
似乎未听到山外刮起的春风；
百年沉睡，
枕着空空如也的一个梦。

梦是迎亲的花轿，娃娃的啼哭，
还是一家老幼围在土炕上的笑声？
梦是猪舍，是牛棚，
还是惊落寒星的阵阵鸡鸣？

我想把"宝马"开进小村，
却是怎么也穿不过狭窄的胡同；
我想喝一壶老酒，
却寻不到开张的酒肆，干净的酒盅。

好不容易寻到儿时的伙伴，
谈起青春的萌动，早年的约定，
原来已嵌入深深的皱纹和黑黑的指甲，
哪里还觅得踪影！

拽起睡意蒙眬的年兄，
帮他伸一伸懒腰，揉一揉眼睛，
告诉他小村的春眠早该醒来，
告诉他外面的世界早已李白桃红。

2018 年 3 月

光阴叹

每次见到你，
总感觉你的白发又添了不少。
我暗自感叹，
光阴之霜，
为什么最先染上勤苦人的眉梢？

每次见到你，
总感觉你的皱纹又增几道。
我暗自诘问，
人的基因为什么不能改变，
留住青春年少？

多想与你泡一杯新茶，
回听青春光碟里的一声声军号；
多想与你围在火炉旁，
重燃弱水河畔激情四射的火苗。

我也为你庆幸，
岁月没有蹉跎，
回首往事尽可嫣然一笑。

不是心酸，却是辛劳，
不是迷信，却也祈祷，
只为同度夕阳无限好。

2018 年 4 月

相离相聚都是酒

自从那年分手，
想你时便端起这杯思念的酒，
斟出的是孤独，饮下的是忧愁。
桃花年年盛开，朋友却不能聚首，
总说长途漫漫，隔断了问候，
天南地北，我在这头，你在那头。

终于放下繁忙，
共同端起这杯团聚的酒，
岁月洗尽铅华，更是情深谊厚。
错过踏春赏花，恰逢采摘红杏，
彼此保留着笑容，不会苍老，不会消瘦；
饮下这杯酒，尽可天涯远去，
彼此保留着牵挂，不会丢失，不会生锈。

2018 年 6 月

心灵话语

我看见了你，
不知你是否看见了我；
我的心在颤抖，我的手在哆嗦，
多少年总想回避这一刻，
却也盼望这一刻。
尽管日月把我们分隔了很久很久，
却丝毫未减少思念、祝福与关切。

我扶起了你，
可是你却不能依偎着我；
捧一捧灵光的土，捧一捧固态的血，
延续祖上积下的绵绵阴德。
忽然想起在你怀中啼哭、在你背上入睡
　　的那些岁月，
不免涌起亲昵的涟漪，泪眼婆娑。

我不断问候，不断祈福，
回答我的却是沉默。
在无言的对话中，
我再一次听到你的叮咛，你的嘱托。

我的灵魂，你的灵魂，
在这一刻，自然是紧紧凝结。

不能唤回岁月，
却能捡起薪火。
我再次为你梳理容颜，整理衣着，
只把一片孝悌筑进新的田野。

2018 年 11 月 7 日于故乡

揽住过往的岁月

揽住你，

仿佛揽住过往的岁月，

仿佛揽住我的父母，我的爷爷奶奶。

我愿意再听你一遍絮叨，

听你述说逝去的喜怒悲哀；

我愿意再陪你抹一阵眼泪，

亦苦，亦乐，都是恋恋不舍的情怀。

留住你苍老的容颜，

便留住世上一份圣洁；

留住你趔趄的脚步，

便留住绵绵不绝的百年血脉。

我在心中默默祈祷，

愿你寿比南山，无病无灾。

难言与你告别，

生怕告别最后一丝慈爱。

2018 年 11 月于故乡

邂逅

那年寒冬，
你毅然离去，不愿作留，
我猜想，
你一定有一处滴血的伤口。

是谁伤了你，
是自伤还是他伤，
是家仇还是情仇，
其实，那时的我无暇把其猜透。

直到有一天，
我在这座城市与你邂逅，
从你脸上再也看不出欢乐还是忧愁。
唯见一个成熟的汉子，
顶天立地般奔跑和行走。

你说，
生活的历练让你褪掉了乳臭，
蓄一撮胡须向我展示成熟。
往事且丢一旁，

继续拉自己的车，继续昂着不服输的头。

我分明读懂，

这座城市接纳了你的灵魂，

这座城市融入了你的风流。

给你一群美女

　　此时不知你是否敢于笑纳？

给你一座城市

　　此时你一定敢于接收！

2019 年 3 月

入伏

树不摇，
草不动，
烈日炙烤下万物寂静，
只有我的心与树梢上的蝉声阵阵共鸣。

昨晚一阵黄昏雨，
把我家的蜜桃淋得脸颊绯红；
突然飞临的画眉鸟，
唱出的曲儿让我听得似懂非懂。

晌午一碗麻酱面，
午后一壶极品龙井，
任窗外热浪滚滚，
捧一本书品味社稷与人生。

2019 年 7 月 12 日

恍若隔世

旧时的房屋已经塌陷，
旧时的雨丝却在滴滴答答敲打着
　　我心灵的屋檐。
那天与朋友们遥望雪山峰顶，
似乎也不如当年高、当年白、当年威严。

旧时的兄弟已然远行，
走得渺无声息，走得步履蹒跚，
即使千里万里寻觅，也难手相牵、话相勉。
但是，这个世界少了你则少了一份色彩，
平添些许相思与孤单。

不知不觉改变了时空，
我却还要与这个世界厮磨和纠缠。
不是隔世，恍若隔世，
最忆少年，在眼前，也在天边。

2019 年 8 月

第五辑

红色之路

十三条圆凳撑起的红色信念

十三条圆凳，
视若黄河，视若泰山。

面对，
半封建半殖民地的万丈深潭，
血雨腥风，征途注定万重艰险。
但是，圆凳的主人
更坚信星星之火可以燎原，
十三条圆凳鼎力支撑红色江山。

那时，手中仅有清茶一杯，
然而，谁敢怀疑他们心驻雄兵百万。
旧世界打个落花流水，
犹似稳坐圆凳，谈笑一挥间。

那时，
桌面荡起历史的春潮，
墨水轻溅，大江南北红旗插遍。
中国一定会站起来，富起来，强起来，
当下拟就的第一份纲领，已是曙光初现。

那时，
十三条圆凳信念似铁，稳健如山，
坚信中华民族定能攀上世界之巅。
一幅民族复兴的蓝图，
自信地装进未来案卷。

拂净尘埃，圆凳光泽如初，
淬火添钢，圆凳愈发宽展；
今日回首，
已是百年风雨，百年历练。
倚仗十三条圆凳的坚挺，
九千万优秀儿女扬起奋进的风帆。

2018 年 12 月 20 日于上海市
中共一大会址

漫步瑞金城

雨后，漫步瑞金，

满身感受和平的阳光明媚亮丽。

蓦然回首，

眼前一颗红星，

射出颠扑不破的革命真理；

毛主席率领工农红军，

收拾金瓯一片，分田分地。

桂花开了，

香透工农的心，香透新绣的苏维埃大旗。

入夜，满目霓虹，

很难想象旧时的残垣断壁。

当年鏖战的枪炮，冲锋的号角，

突然在耳边响起。

千钧霹雳，

迎头痛击来犯的十倍强敌，

硝烟散尽，小城终归晨曦万缕。

林荫路上徜徉，

前面依然是看不到终点的逶迤。

共和国为什么在这里诞生？
红军为什么撤离苏区？
令后人不断探究与深思；
中国的红色政权缘何存在？
民族复兴的道路如何开辟？
也许，这道命题还要研讨几多时日。

祖国大地天翻地覆，春光万里，
瑞金最懂得创业艰难，道路崎岖。
踏平的坎坷是否永久平展？
既定的目标是否永不迷失？
且听，
瑞金的映山红告诉你，
沙洲坝的樟树告诉你。

2019 年 4 月于江西省瑞金市

吃水不忘挖井人

普天下人都知晓，
瑞金城外有个小村子叫沙洲坝；
普天下人都传扬，
毛主席带领乡亲们在村里挖了一口井。

当年的石碑似乎已经斑驳，
碑上的字迹却依然苍劲隽永；
这行字印在孩子们的课本，
也印在国人心中，融入血脉之中。

慕名而来的人，
掬一捧水滋润肺腑，清洁心灵；
满载归去的人，
尚在思索，尚未尽兴。
总觉得乡民肩上的水桶还在眼前摇晃，
晃出一腔情愫，一腔崇敬。

我忘情地舀一瓢水畅饮，
再听一遍毛主席讲述马列主义真理，
讲述推翻旧世界、建立新中国的斗争；

我贪婪地带走一壶水，
从南甜到北，从春甜到冬。

此时，我醒悟，
全心全意为人民服务的宗旨，
淳朴而崇高，也许它就源于这口井；
共产党人攻无不克、战无不胜，
原来胜利之源如此清澈，如此丰盈。

2019 年 4 月于江西省瑞金市

等你回来

在樟树下，

在大路旁，

一副单薄的身影默默张望。

为了临别时的那份承诺，

为了心中永远割舍不下的青春形象。

总记得，

军帽上那颗红星闪闪，

肩头上那支钢枪油亮；

总记得，

临别之日挂在丈夫怀里的红花，

临别之夜一个长吻拴住妻子的念想。

终不信你的青春火焰会熄灭，

终不信你会倒在两万五千里的路上。

今日你没有回来，

一定还有新的战斗，

一定是难以告假，工作十分繁忙。

等你回来，

铁的信念，水的柔肠；

等你回来，

新鞋已是满柜满床，

穿着合脚，看着漂亮，束紧鞋带再上战场。

等你回来，

哪怕高山相隔，哪怕岁月漫长，

那是咱俩的生死誓约，

谁也不能遗忘，

咱们白头偕老，共度夕阳……

2019 年 4 月于江西省瑞金市

注：1894 年出生于瑞金市武阳镇贫苦农民家庭的陈发姑，是一位平凡而伟大的客家女性。1931 年陈发姑送青梅竹马的丈夫朱吉薰参军，成为中央苏区第一批参加红军的青年，后在长征中壮烈牺牲。陈发姑牢记丈夫"等我回来"的誓约，从此开始了漫长的等待与守望，每年编织一双新鞋，以寄托对丈夫的思念。2008 年，115 岁的陈发姑带着无尽的遗憾溘然辞世，为这段凄美的爱情故事划上悲壮的句号。

瑞金清明

此地，此刻，
细雨蒙蒙，似泪，似血；
在瑞金的叶坪，在烈士塔下，
我虔诚地拜谒长眠地下的先烈。

数不清，
瑞金多少优秀儿女，
倒在反"围剿"的战场，
倒在雪山草地中的拼死跋涉。

记不清，
面对敌人的疯狂反扑，
面对白色恐怖的穷凶极恶，
多少瑞金人流尽最后一滴血。

记住了，滴血的刀，
记住了，燃血的火！

我在听，我默默思索，
总觉得逝去的生命永远鲜活；

谁敢说他们的心脏停止了跳动？
谁敢说他们的生命火焰已经熄灭？

我在听，举起宣誓的胳膊，
为了共和国的千秋大业，
为了子孙后代无忧无虑的生活，
我们有责任承担起历史的焊接，
谨防这条光灿灿的链条发生断裂。

2019 年 4 月于江西省瑞金市

战友家住沙洲坝

握住你的手，
分明握住一手坚硬的老茧。
奋战了十年的村支书，
如今是共同致富的领头雁。

军营在大漠深处航天城，
那里有你的眷恋，你的历练；
故乡是瑞金城郊沙洲坝，
这里有你的红色基因，红色血缘。

不会忘记，
四位祖父牺牲在反"围剿"的战场，
青山处处有忠骨，继承先烈写诗篇。

不会忘记，
航天城赋予你智慧和信念，
放飞青春，放飞理想，筑梦九天。

看你身旁，楼群一片，
新农村建设树立样板。

你的百顷脐橙自是黄了又红，
你的千亩杨梅更是酸了又甜。

如何打拼？肯定一腔热忱，
如何创造？肯定一路登攀。
耕耘财富，士兵自有士兵的规划，
开创未来，战士自有战士的宏愿。

我兴奋地把你拥入怀中，
为沙洲坝的战友激情点赞！

2019 年 4 月于江西省瑞金市

我看挂在老樟树上的炸弹

你胆怯了,
在引爆前的最后一瞬,
让自己乖乖地挂上屋后的老樟树;
因为屋内有一位伟人,
正展开蓝图,奋笔疾书。

你不敢碰毛泽东,
你不敢碰苏维埃政府。

你惭愧了,
悔不该为反动派冒险开路,
不忍心在苏区腾起烟雾,乱开杀戮。
就让树枝遮一遮羞愧的脸庞,
也算是把罪恶减轻几度。

你无精打采地垂下手臂,
羞答答合上双目。

2019 年 4 月于江西省瑞金市

注：1931 年某日，国民党部队派飞机轰炸苏维埃首都瑞金，炸弹落在毛泽东居室屋后的大榕树上，没有引爆。正在二楼写作的毛泽东走下楼，气定神闲地挥手说：天助人民，苏维埃政权必将走向胜利。

客家人的古榕树

一株株古榕树枝繁叶茂，郁郁葱葱，
我想问，你一定记得客家人的筚路蓝缕，
记得他们沉重的担子
　　以及同样沉重的背井离乡的心绪，
在你的脚下，立起祖宗灵位，繁衍生息。
那份辛酸，那份坚毅，
深深地随你的根须扎入赣南大地。

你一定记得客家人在这里耕山种水，
种下汉唐风韵，种下中原文脉，
同时，也汲取你的原生态绿色乳汁。
只要投入你的怀抱，只要有你遮风挡雨，
都会生发坚韧，生发富裕。

你一定记得客家人崇德重教，耕读自律，
在你脚下聚集无数优秀儿女。
风雨来临，有一群挺身而出的硬汉，
抵御外侮，有一队冲锋陷阵的勇士。
你不妨看一看，
客家人威武雄壮起义队伍，

义愤填膺勤王之师，

投身正义事业义无反顾，

推动历史潮流惊天动地。

你不妨数一数，

客家文豪与武将，哲人与志士，代代传奇。

你一定记得客家人的开拓进取，

遥指海内外，拓荒建埠，又是一派生机。

你为他们筹足盘缠，

把千言万语装进简单的行李。

你为他们造一座坛，铸一座鼎，

铭记客家人艰难的迁徙，不朽的业绩；

你为他们留一座山，留一片天，

时刻装载客家人不断传来的好消息。

2019 年 4 月于江西省赣州市

八景台看章江贡江汇合向北

雨，静静地飘落在八景台下，
花，悄悄地开放在古城之旁。
左手章江，右手贡江，在此汇流向北，
给赣南留下满目青葱，留下锦绣文章。

两江汇合得如此天然，波澜不惊，
难以觉察孰缓孰急，孰短孰长，
从此一路向北，劈波斩浪。

两江汇合得如此热烈，
从此告别孤独的流淌，
你接纳了我，我包容了你，彼此欣赏。

读懂赣水的柔美，
更读懂携手并肩的力量；
犹似同上战场的兄弟，
共同举起杀伐的刀棍剑枪。

瞭望赣江的邈远，
更赞叹历经曲折的粗犷；

犹似扬帆奋进的舰船，
冲破急流险滩，直面潮涌潮涨。

奔流，路在脚下，
希望，总在远方。
只需
认准同一个方向，奔向同一处康庄，
滋润同一片田园，贡献同一份力量。

2019 年 4 月于江西省赣州市

遵义小楼

阴沉沉的天，

湿冷冷的风，

长途跋涉的红军不知向何处冲锋。

庆幸，

贵州有座遵义城；

城内有一栋两层小楼，

凌乱放置着桌椅板凳。

一群寻找道路的人，

桌上点燃一盏忽明忽暗的油灯。

第五次反"围剿"的失败，

受阻湘江的伤痛，

突破乌江的余勇，

在小楼里咀嚼，反演，辩争！

唇枪舌剑，

教条与真理争锋。

张闻天慷慨激昂，

王稼祥义愤填膺，

周恩来睿智，朱德忠诚，
汇成一句关键词：支持毛泽东。

一江春水，
冲破山峦重叠，
在这里转折，浩浩向东。
遵义小楼，
挽救了党，
挽救了红军，
挽救了中国革命！

百年小楼，
日夜绽放光辉，天地通明。

2017 年 12 月于贵州省遵义市

献上一束白菊花

心在颤抖，
泪在轻洒，
默哀，
献上一束素雅的白菊花。

不敢仰望你的遗容，
罪恶的刑具损毁了你的脸颊；
不敢触动你用过的纸笔，
生怕妨碍你描绘中华大画。

不敢扰动血沃的树林，
生怕惊醒你早已安息的灵魂；
不敢洗去你囚衣上的片片血迹，
生怕后代忘记
正义与邪恶、光明与黑暗的殊死拼杀。

低头踏进囚禁你的牢房，真想
砸开带血的锁链，把高悬的皮鞭夺下；
我欲拆除大大小小的樊笼，
让这个世界从此根绝凌辱和压榨。

孩子们默默记住你的名字，
杨虎城，齐晓轩，韩子栋，
小萝卜头，监狱之花；
我与众人捧来漫天彩霞，
告慰先烈，祭奠英灵，愿你含笑九泉下。

2017 年 12 月于贵州省息烽县

赤水河演绎战争指挥艺术

奔腾不息的赤水河，
考验着领袖的战争指挥艺术
和战士的奔跑突袭能力。
跑得快，追得累，
搅乱这片峰峦叠嶂的山水大地。

跑，不是逃，
东西穿梭，如同平地上飞；
追，没了目标，
南北扑空，耗尽浑身气力。
赤水河上四渡，
毛泽东弹指一挥，无人匹敌。

娄山关抢占天险，
遵义城再竖旌旗，
佯攻贵阳惊恐蒋中正，
威逼昆明诱滇军出击。
甩敌千里之外，
毛泽东眉头一皱，香烟一支。

战争演绎成艺术，
指挥神奇，登峰造极，
甩一脸沮丧和愤怒给蒋介石。

终于跳出敌军包围圈，
一路向北疾驰。
回望处，
烟枪抛了一地，气喘吁吁。

2017 年 12 月于贵州省习水县土城镇

古镇红军情

古镇在深山等待了千年，
蹒跚的脚步，惺忪的双眼，
只见山中花开花落，不见山外云舒云卷。

你的苕汤圆煮了又煮，
你的麻辣鸡煎了又煎，
等的就是这一年，这一月，这一天。

毛泽东住进你的小院，
任屋顶漏雨，墙壁透风，
窥探统帅一渡赤水的作战方案。

博古住进你的大宅，
前行，拾级而上的台阶，
退下，百尺沟壑和险滩。

你走出临街的木楼，
你划出藏隐的小船，
把"打土豪分田地"的标语贴上街面。

你的布帮，盐帮，药帮，
你的火神庙和铺店，
也小心翼翼收住红军伤病员。

赤水河上架起浮桥，
你打着赤脚送红军走远。
但是，你似乎更加坚信，
这支队伍一定还会回来，
而且带回一片红彤彤的天。

2017 年 12 月于贵州省习水县土城镇

赤水绿

走一山，
我看到无山不绿，
走一沟，
我看到无绿不竹。

竹林推出桫椤树，
挡住现代人探奇的脚步。
我向它们讨要两亿年前的种子，
毫不吝啬，
挥手撒满山梁，撒满山谷。

清溪碧潭，高峡平湖，
泉水潺潺，星罗棋布。
绿涧百里扬波，绿崖千尺飞瀑，
纷纷扬扬溅落一天翠微珍珠。

山缝也生绿枝，
无须阳光，无须雨露；
山坡凸起绿石，
调皮地抖落一身轻纱，

绿了儿童鞋袜，绿了大姐衣裤。

伸手摘下绿色的云，
顺手揽起绿色的雾，
我一头扎进绿色世界，
竟然忘记时辰，忘记归途。

2017 年 12 月于贵州省赤水市

娄山关战场感怀

已分不清，

是红军还是白军挖下的战壕，

但是，

耳边分明响着红军嘀嘀嗒嗒的军号；

很难体会抢占山头的艰险，

但是，

最终控制制高点的一定是红军的枪刀。

夕阳西下，

我仿佛看到硝烟还在山头萦绕，

凝固的血，不倒的旗，

相伴两万五千里风雨飘摇。

西风又起，

我仿佛看到得胜的队伍山呼海啸；

娄山关，从头越，

直到五星红旗插满长安街大道。

我在张望，

长空的雁阵，月下的马蹄，

为什么今日没有轰轰烈烈地闹；

此时，我却看到，

南来北往的车流淌在高速公路，

五湖四海的游客哼起小曲小调，

只有山顶上高耸的石碑，

还在顽强地诉说曾经的冲杀和嚎叫。

这里诠释不忘初心，

这里火炬熊熊燃烧，

继往开来的队伍依然苍山如海，

越过雄关的铁流依然红旗似潮。

2017 年 12 月于贵州省娄山关

国
酒

谁敢与我比古，
我曾睡在商周酒具器皿中。
黄帝造酒与我同岁，
杜康造酒与我同龄；
我记得汉武帝祭酒征战，
我记得唐太宗兵戈争锋，
天下酒香，我是头名。

谁敢与我比贵，
我昂首踏进人民大会堂宴会厅。
周恩来端起美酒一杯，
邓小平借得美酒一瓶，
天下朋友共同品尝友谊与和平；
一声惊叹，来了东瀛田中角荣，
一声赞美，竟是大洋彼岸尼克松。

谁敢与我比功，
我助红军四渡赤水舞长缨。
卓别林夸我是男子汉的酒，
醉了滑稽的舞步，醉了夸张的表情；

松崎君代夸我是女士的酒，
醉了温文尔雅的身影。

谁敢与我比香，
我的香菌一千多种，
勾兑香的玉液，培育香的生命。
陈酿洒进大地，
大地顿时溢出酱香浓浓；
酒曲撒向长空，
长空顿时飞出醇香的精灵。

2017 年 12 月于贵州省茅台镇

泸定桥淹没在闹市里

八十年岁月，
难忘那一日炮火洗礼；
今日城市喧嚣，似乎要
淹没河水湍急，淹没昨天荣誉。

熙熙攘攘的人群跨过铁索，
追寻那支铁军，那段传奇；
滚滚向前的大渡河百折不回，
汇入时代潮流，铿锵壮丽。

硝烟散去，
歌舞才能升起，且看
广场上大妈们正舞得如醉如痴。

夕阳落下，
山城霓虹闪闪，
铁桥似睡似醒，蒙眬迷离。

心中放不下那支奔袭的队伍，
坐稳天下，是否无忧无虑？

坠入河水的勇士们，
是否用生命换来理想价值？

河水易逝，岁月易逝，
只有铁的记忆，火的记忆，血的记忆，
铸就共和国一章光辉灿烂的史诗。

铁索桥即使屹立一千年，一万年，
不会颓废，不会松弛，不会锈蚀。

2017 年 6 月于四川省泸定县

安顺场远眺

我眺望，

那只小船，

在波涛滚滚中如何颠簸向前；

我寻思，

勇士们如何冲开枪林弹雨，

把红旗插上对岸。

这一刻，

似乎就在昨天，似乎又很遥远。

十八名船工一起挥开船桨，

好一个同舟共济的夜晚！

十八名勇士捣毁敌堡，

摧枯拉朽，写下千秋诗篇。

这只船，

满载赤胆忠心，满载勇猛果敢。

英雄轻蔑石达开的队伍，

世人谁敢与红军论剑？

大渡河几多险滩急流，
红军面前没有天堑！

这一夜，
河水煮沸了理想，浪花绽放出信念。

营长，连长，班长，
还有一位十六岁少年；
谁说他们生命卑微，
谁说他们青春短暂，
天安门广场上的火树银花，
大会堂美酒飘香的庆功宴，
如果少了他们的身影，也会显得暗淡。

安顺场放眼望去，
终究千河红遍，万山红遍。

2017 年 6 月于四川省石棉县安顺场

你在这里不寂寞

漫山遍野的杜鹃告诉我，
你在这里不寂寞。

郁郁葱葱的山林，
早淹没当年厮杀呼啸的山坡；
黄澄澄的枇杷，
甜透山腰上每户农家院落。
你为之冲锋陷阵的人民，
早已脱离水深火热，
你为之奋斗牺牲的理想，
在贫困山区结出明灿灿硕果。

奔腾不息的大渡河告诉我，
你在这里不寂寞。

河水浩浩荡荡向南流去，
息了枪声，息了炮火。
成群结队的人众向渡口走来，
感叹历史，咀嚼那段生与死的抉择。
你可以跳下战马，

洗掉满身疲惫，

闭目养神，欣赏河边日新月异的生活。

我采了一束山花献给你，

跨上你的战马，继承你的事业。

2017 年 6 月于四川省石棉县安顺场

　　注：强渡大渡河十八勇士之一、新中国成立后首任酒泉卫星发射中心司令员孙继先中将部分骨灰撒在了大渡河安顺场，他选择自己战斗过的地方作为永久宿营地。

会宁会师

会宁，
本是亘古不变的清冷。
那年，
两万五千里的滚滚铁流，
三大主力红军会师的号声，
把这片荒凉的土地闹得沸腾。

信念如铁，
六百年的会宁城为之动容，
张开热情而淳朴的怀抱，
把三军将士紧紧相拥。
庙台，扭起秧歌，
荒山，燃起火种。

挽起你的手，
轻抚雪山草地留下的伤痕；
捧起你的脸，
忆及踏破湘江滔滔血红。
哪一条河没有红军的血滴！
哪一座山没有红军的生命！

缝一缝破旧的衣衫，

正一正鲜红的五角星，

会师的队伍尽是民族精英。

在贫瘠的大西北，

红军将士忘情地迎接旭日东升；

向着延安，

向着烽火连天的抗日战场宣誓出征。

2020 年 1 月于甘肃省会宁县

不朽的大墩梁

松林沙沙作响，
山风猛烈地吹过，
似乎在诉说当年的鏖战，
何等惨烈！

八百红军将士的头颅，
挺起大墩梁高耸的山峰，
鲜红的血浆，
凝固在黄土高坡。

甚至，你们没有留下姓名，
但是，我真切地知道，
你们姓红，姓烈；
筋与骨，意志与信念，
在大墩梁紧紧凝结。

油菜花年年盛开，
那是红军的生命绽出的迷人景色；
秋天大雁南飞，
你们瞭望家乡，泪眼婆娑，

带去无尽的思念和寄托。

每年，你们在这里拥抱红领巾，

为山林平添热闹和红火。

你们的存在，

这座山梁就不会沉默；

红军的不朽生命，

为荒山褪去秃黄，留下无尽的红色。

2020 年 1 月于甘肃省会宁县

第六辑

梦中情人

茶山情歌

天空飘下一朵云彩，
山坡就有千朵花盛开；
哈尼姑娘采茶起舞，
竹楼里小伙子看得如痴如呆。

望一眼姑娘纤纤细手，
突然想起火把节结下的情爱；
望一眼茶林彩蝶纷飞，
棉桂树下的小伙子再也不会徘徊。

冲上去，
该采的尽管采，
该摘的尽管摘。

姑娘采下清茶一篓，
抬头正是凤凰花红，玉兰花白，
花香入茶，情爱入怀。

都说采茶姑娘漂亮水灵，
那是因为滋润着小伙儿火辣辣的爱，

茶山似海，情爱似海。

2016 年 8 月于云南省西双版纳

象 餐

大象驮来的菠萝特嫩，
大象驮来的芭蕉特鲜；
刺五加微苦，
青瓜汁酸甜；
大象喜欢，我更喜欢。

与大象同用一把竹勺，
与大象同用一个竹碗，
不枉绿水与青山。
我的家园，
也是大象的家园。

近处山谷，象群频频光顾，
似乎嗅到美味，流连忘返；
远处公路，大象自由自在穿越，
似乎看到热情的志愿者，
围住绿色草甸，备下盛宴。

今天同吃象餐，
我敢说，

会像大象一样吉祥，
会像大象一样强健。

明天还吃象餐，
一条走不到尽头的绿色长廊，
一道永远平安温馨的生态屏障，
从象谷通往天边……

2016 年 8 月于云南省西双版纳

这山，这树，这茶

这山，
望不到尽头的郁郁葱葱，
绿色生命在无限生长。
云雾氤氲，雨露清凉，
滋养万条长龙盘踞在山冈。

这树，
望天入云，桫椤古苍，
野果子撒得纷纷扬扬。
我实在挪不开绿色幽灵的阻拦，
只得攀着长藤移步，搂着竹竿跳荡。

这茶，
千年成王。
老根扎在肥沃的土层，
吸吮着大地母亲丰腴的乳房，
把天地精气化成满山幽香。

我把大山拥在怀里，
方知大山既缠绵，亦豪爽，

日月精华统统注入我的胸膛。

我把大树植进心中，
方知古树既忠诚，亦强壮，
守住我的家园，守住哈尼族人的康庄。

我把千年茶采回家中，
未经浸泡，
已是茗香绕梁。

2016 年 8 月于云南省西双版纳
南糯山半坡老寨

茶

王

茶树称王，
自是千年风骨；
沧桑，一圈圈写进年轮，
清醇，一层层溢出。
我要躬身下拜，
拜这棵至神至圣的茶王树。

一千年不离不弃，
我拜谢深山云雾；
一千年相守相护，
我拜谢山坡红土；
更拜天地精灵，常驻山谷。

拜高山流水，
流进茶市，茶楼
　　古朴或现代的茶壶；
拜长天甘霖，
给饮茶人，平民或贵族
　　一副清爽的喉咙和肺腑。

拜种茶人的顶礼图腾，
拜哈尼人的辛劳先祖。
茶马古道迢迢长途，
一端始于茶王树下，
一端已达三江五湖。

2016 年 8 月于云南省西双版纳
南糯山半坡老寨

哈尼人家

南糯山，
一座竹楼挺立山顶。

我走进哈尼人的竹楼，
看看火塘，摸摸冰箱，坐坐客厅，
哟，火塘通红，冰箱嗡嗡，窗明几净。

火把节珍藏的腊肉一串，
十月年酿下的好酒两瓶，
再烤一根鲜嫩的竹笋，
围住火塘，宾主坐定，其乐融融。

外面雨打芭蕉，
楼内烧酒沸腾；
不谈南糯山上古老的村寨，
不谈哈尼曾经的刀耕火种，
只谈主人的酒量与豪饮，
只谈南糯山的待客与真诚。

心爱的三弦弹起来，

黑脸的汉子笑盈盈，兴冲冲。
唱一唱南糯山传奇的故事，
唱一唱哈尼人文化的传承；
手拉手，
我们是知己朋友，亲密弟兄。

临别了，
带上几根石斛，不是交易，是赠送，
捎上几包普洱，不是赠送，是友情。

2016 年 8 月于云南省西双版纳
南糯山半坡老寨

「女儿国」的男人们

只要你感觉幸福，
尽可依偎在阿妈怀中享受温馨；
至于生身阿爸么，
也许他此时正在夜色中走婚。

只要你感觉幸福，
尽可大胆翻进阿妹的院门；
小阿妹天生丽质，清纯似水，
拥在怀里，任你抚，任你亲，任你吻。

只要你感觉幸福，
尽可以阿舅的辈分获得家庭自尊；
也可以围着老祖母喝酒，跳舞，
也可以牵着小外甥荡舟，戏水。

其实，在泸沽湖畔，
无父未必缺失关爱，
无子未必孤独郁闷；
这份奇特的感受，
属于"女儿国"快乐的男人们。

2016 年 12 月于云南省丽江市

梦中情人

记住了你的莞尔一笑，
记住了你白齿红唇，粉腮明眸。
你的银带束腰，
你的银饰满头；
让我的梦从此不再寂寥，
不再苍白，不再害羞。

痴痴地拢住你的腰，
呆呆地拉住你的手，
我欲摘下这朵含苞待放的花，
竟然忘记了舞步，跳乱了节奏。
只是不知道，为什么
你突然消失在篝火晚会之后。
给我留下梦一样的思恋，
　　　和谜一般的祈求。

重返泸沽湖的那一天，
不知我的摩梭装扮是否够酷，
黑色毡帽，长褂花袖，
放飞粗犷与自由。

我欲在这里快活一辈子，
当然要学会走婚，骑马，喝酒。

重返泸沽湖的那一夜，
不知你是否在寨子里迎候。
请出老祖母，
请出阿妈与阿舅，
让我们再续那段邂逅，
白日湖面荡舟，夜晚醉卧花楼。

2016 年 12 月于云南省丽江市

热海印象

大地沸腾了，

热流汇成海，波涛汹涌。

原来，地球心脏按捺不住激动，

把热的能量，热的生命，尽情抛向人间，

让人领略它的威风，领略它不可阻挡的凶猛。

岩石融化了，

滴成硫黄，滴成碳酸，叠叠层层。

原来，地球血液抑制不住升腾，

把它的精华，它的微元，丝丝缕缕向外输送，

让人赞叹它的慷慨，它的大度，它的无比赤诚。

且看，

座座池塘变成滚汤大锅，

条条溪流变成奔跑的火龙。

且看，

山谷遍布珍珠，溢铁流锰，

山腰挂满瑶池，霞蔚云蒸。

我不由感叹，

这里山洞没有冰冷，这里山谷不再寂静。

我更想，

千桶热水嫌少，万吨热气嫌轻，

广袤大地渴盼温凉与共，同此暖意融融。

2019 年 3 月于云南省腾冲市

一副秋千荡两国

这边芭蕉叶一摇，
摇到他国家院。
妹妹莞尔一笑，
原来是中国姐姐呼唤回家聚餐。

那边秋千一荡，
晃悠悠荡进中国菜田。
妻子回首，
原来娘家捎信，今日母亲生日宴。

住同样的竹楼，
祖祖辈辈携手抵御风寒；
汲同一口井水，
世世代代分享着甘甜。
同一种服饰，同一种装扮，
同一种语言叙说着月长日短。

泡一壶普洱，
异国兄弟同饮，推杯换盏；
摊一副棋盘，

两边叔侄"交兵"，奕车马大战。

夕阳下告别，

转身回国，意犹未尽，相约明天。

抬头间，

两边的孔雀同时开屏；

回望处，

一条祥和的边界在南疆蜿蜒。

2019 年 3 月于云南省瑞丽市

花红，花黄

天，微微的凉，

花，淡淡的香，

早春二月，腾冲已是遍野花红花黄。

红的山茶，

开得热烈奔放，闹得春意轻飏，

红了山里的妹子，红了城里的姑娘，

红了悠闲的日子，红了平静的南疆。

闻着，醉了心脾；

捧着，染红梦想。

黄的油菜，

黄得夭夭灼灼，黄得遍野芬芳。

可怜翩翩飞舞的彩蝶，

迷失在无边无际的田畴和山冈；

更是苦了勤劳的蜜蜂，

如何采尽欲淌欲滴的花粉蜜浆？

来了绣花的工匠，

千针万线绣不出这副景象；

来了绘画的大师，

百重色彩描不出七彩风光。

直把黄的一片，红的一角，慰藉各自奔忙。

云南的春天，绽放美丽的季节，

腾冲的春花，黄了又红，红了又黄。

2019 年 3 月于云南省腾冲市

腾冲，国殇之地

这里，
每片树叶仿佛都穿着两个以上弹孔，
每个弹孔都淌着鲜红鲜红的血。
它告诉我，
中国远征军曾经的艰苦卓绝，
滇西保卫战曾经的悲壮惨烈。

这里，
每片石头仿佛都嵌入多个弹壳，
每个弹壳都燃烧着一团愤怒的火。
它诉说过去，
滇西军民如何收拾一城破碎山河；
它告诉当下，
珍惜每一片阳光，珍爱每一阵祥和。

这里，
每一座墓碑都记载着一个传奇的故事，
每个灵魂都厮守着属于正义的传说。
记住远征的国军，记住慷慨赴死的乡长，
记住反法西斯战场走来的一群忠烈。

它告诉后人，

民族的不屈如何凝聚成铁；

它告诉国人，

祖国西南一隅，国殇之地，不能忘却。

2019 年 3 月于云南省腾冲市

古镇倩影

搂着参天的古树，
小镇年轮依稀可辨；
捧起潺潺的溪水，
分明触到小镇的经络与血管；
低头凝视拱桥上石板，
明时蹄印，清时车辙，如梦如幻。

历史夕阳，新世纪早霞，
共同挤进徐徐开启的铺店；
牌坊，石碑，
鲜活了遥远的故事，亦酸亦甜。
据说是蔡伦拓出的宣纸，
抖落一地古老的诗篇。

仰望对面的笔架山，
似乎把一排狼毫伸进小镇图书馆，
阅读小镇春秋，摘录小镇箴言。
小镇捡起散落边地的汉书，
让自己诗意地生活，亦儒亦商亦田。

丝绸古道不知湮没几多时日，

然而，小镇的马帮并没有走远。

喜得当年的令旗和铜锣，

宣告小镇在西南开埠开关；

捡起遗失的吊锅、水壶和水罐，

重走丝路，却是不一样的高度和起点。

小镇拥抱侨民归来，

亲吻飘不散的百年炊烟；

小镇敞开自己的胸襟，

拂去百年沧桑，青春依然。

2019 年 3 月于云南省腾冲市和顺古镇

朋友妻

梦里寻你千百回，
原来你在此地，
你是朋友妻。

不羡你红装淡抹，
不羡你衣裙合体，
只羡你一颗纯美的心灵。

不羡你优雅的谈笑，
不羡你得体的举止，
只羡你尔雅斯文，善解人意。

不羡你对夫君轻轻依偎，
不羡你对朋友彬彬有礼，
只羡你为家人奉献爱心与孝悌。

观赏你，
记住你，
弗如继续保存在梦里。

2016 年 9 月于四川省什邡市

漫步凤栖山

凤栖山不高，
正是爬山漫步的好地方。
同行者，
称老板，
称兄弟，
也称董事长。

山路，并不崎岖，
前人早就踏平了山冈。
沿着山阶攀向顶峰，
路，还有很长。

山的那边，
有云雾，也有曙光；
只要认准方向，
终究一片辉煌。

攀登，
无需腿长，
只需健壮。

2016 年 9 月于四川省什邡市

生日烛光

暂且，
关闭计算机荧屏；
暂且，
屏蔽厂房焊花飞迸。
寿星们点燃生日蜡烛，
顿时欢声鹊起，其乐融融。

老板向寿星祝贺生日快乐，
让人想起共同走过的风雨历程；
高管与寿星频频举杯，
共同品尝酸甜苦辣，
重温创业艰辛，拼搏成功。

烛影摇曳，
脚下一串坚实的足迹；
坚信的东西我们视为神圣，
神圣的东西我们视为崇高，
崇高的东西我们为之奋斗终生。
束束烛光凝起一根红绳，
创造无限，力量无穷。

每人说出，
心底许下的心愿，描绘的美景；
老板笑了，
寿星们笑了，
原来每个心愿都不约而同：
愿我们科新公司蒸蒸日上，
愿我们高端制造事业强大繁荣。

2016 年 9 月 28 日于四川省什邡市
科新机电股份公司职工集体生日晚宴

为创新歌唱

走进机器轰鸣的厂房，
忽然想起当年的小作坊；
简陋，破旧，苍凉，
但是有一群人充满活力，满怀梦想。

没有先进设备，
他们有坚定的创业信念；
没有丰厚家当，
他们有闪光的创新思想。

唯有创新，
从低压容器，到高压容器，
从重型压力容器，到民用核安全设备，
在艰难跋涉中不断壮大成长；
唯有创新，
公司资本迅猛高涨，
科技产品接连获奖；
唯有创新，
让世界认识中国高端制造，
让国人知晓四川－德阳－什邡，

订单雪片般飞来，企业一派繁荣繁忙。

创新，
为社会创造物质财富和精神财富，
产品质量保证生产质量和生活质量；
创新，
让设施安全运营操作，
让人类科学文明健康。

创新，滋养
　　精诚精细精益，
　　精工精准精彩；
创新，培育
　　战斗力、凝聚力和认知感，
　　弘扬企业文化，光大企业思想。

目睹川流不息的作业，
企业阔步前进，插上翅膀；
新材料、新工艺源源走进车间，
新产品、大批量蜂拥占领市场。
科技创新，爱人宏业，永远在路上！

2016 年 9 月于四川省什邡市
科新机电股份公司

307

平生最爱一座山

平生最爱一座山，
山上有一朵云，山下有一座城；
平生最爱一支歌，
歌声蜜一般甜，旋律水一般清。

白云飘来时，
幻想着李家大姐窈窕的身影。
我要亲手摘下那朵白云，
为姑娘做嫁妆，既靓丽，亦轻盈。

山歌唱响时，
幻想着李家大姐姣好的面容。
我要亲自为你配器，
让姑娘的歌声回荡在千山万岭。

寻遍康定城的每个角落，
踏遍跑马山上每座青峰，
终于，
牵到姑娘纤细的手，
吻住姑娘甜甜的唇。

都说外面的世界火辣辣热，
怎比得跑马山上幽幽的静；
都说城里女子时尚美，
怎比得山里姑娘一笑醉康定。

寻到你，是我一生溜溜的爱，
抱住你，是我一生溜溜的梦。

2017 年 6 月于四川省康定市

美乐溢满山沟

淌不尽的山溪，
似一支美乐溢出山沟，
比琴音清脆，
比响鼓浑厚，
山谷交响百重奏。
我问，谁能把你脚步挽留？
唯有诗人的咏叹，
唯有摄影师的镜头。

开不败的杜鹃晶莹剔透，
一瓣是白，一瓣是粉，
似笑非笑，似羞非羞。
春归艳不归，
夏至花更稠，
逗在枝前，躲在叶后，
丛丛，树树，美不胜收。
我问，谁能与你媲美？
唯有姑娘的脸蛋，
唯有大嫂的衣领衣袖。

头顶散云缭绕，

脚下水雾氤氲；

望不断青山迷离，

享不尽气爽风柔。

不忍心，千层碧波空流去，

不忍心，万朵云霞深山丢；

且把水留住，从冬唱到夏，

且把花留住，从春开到秋。

2017 年 6 月于四川省甘孜州木格措

祈　祷

康巴人开始祈祷，

牦牛簇拥着往山上跑，

钻进云雾寻找自己的那份逍遥。

大草原雨后初霁，

这边马儿又蹦又跳。

没见过这么灵性的山，

没见过这么水灵的草。

抬头，拱着天，

长天为牦牛披一身毛；

低头，吻着地，

大地为牦牛填一身膘。

勇猛的：粗腿，厚皮，长角，

好看的：白尾，白头，黑腰，

高原上精灵一声声叫，一群群闹。

康巴人未停止祈祷，

山脚下刻满别样的辛劳。

一座山，一条沟，

玛尼石上燃起熊熊火苗，

是祝福，是心愿，是祷告。

祈康巴人幸福长寿，爱情美满，

祈大草原风调雨顺，经幡常飘，

祈高原上万物祥和，常伴佛号。

高原上，

山山水水都在祈祷。

2017 年 6 月于四川省甘孜州塔公草原

雾锁四姑娘

总想一睹你的芳容，

无奈雾霭遮住我的眼睛；

雾中的你若隐若现，似娇似嗔，

倒也平添几分妩媚，几分温馨。

雾里攥住你的手，

舍不得松开，唯有仔细品。

品你的肌肤，似红，似紫，

品你的鲜嫩，似黄，似粉，

恬恬淡淡点缀你不老的青春。

雾里吻住你的唇，

胆怯怯摘下你的头巾。

秀眉，深藏白色的冷峻，

刘海，难掩庄严与深沉；

你的气息，凝聚高山一层层寒；

你的泪滴，遍布山林一片片银。

雾里揽住你的腰，

羞答答撩起你的衣襟。

欣赏你漂亮的短衫，

嵌在胸间，五彩缤纷；

吸吮你甘甜的乳汁，

顷刻间润透肺，甜透心。

雾里，

读懂四姑娘的美艳绝伦。

2017 年 6 月于四川省阿坝州四姑娘山

珠郎与娘美

青梅竹马，
珠郎与娘美在相邻的寨子长大。
乡亲们悄悄称赞，
好一似并蒂莲花。

娘美，
一双水汪汪的大眼睛，
侗歌合唱，最美的高音总是她。
珠郎，
双肩隆起肌肉疙瘩，
吹起芦笙能把布谷鸟听傻。
水田插秧，火塘煮茶，
倾心的爱，渐渐在心中萌芽。

珠郎求婚，
担来新摘的杨梅和枇杷；
娘美托媒，
送去新染的侗布新绣的花。
无奈，
打不开老人固执的心闸，

换来白眼和辱骂。

没有哭泣，没有动摇，
爱的花朵经得住风吹雨打。
等待，安慰，
鼓励，挣扎，
东山头依然挂着绚丽的彩霞。

阿爸阿妈一副铁石心肠，
把娘美关在阁楼上，
不准泉边唱歌，不准上山采茶，
只等着表兄的花轿，
抬来富贵荣华。

月黑风高，
娘美偷偷拉开门插，
一对身影，脸颊紧贴着脸颊。
私奔，
无助的人儿浪走天涯。

走过九十九道垴，
不知哪里能听到宽慰的话？
淌过九十九条河，
不知哪里能有一个温馨的家？

偏僻小寨，一间木屋，
好心人送来红薯和糍粑。

寨主却是黑心的色狼，
打起娘美的主意，
涎水三尺，滴滴答答。
三角眼乱转，
鬼主意频发，
假意与珠郎结为兄弟，包藏奸诈。

不幸，珠郎中了寨主的诡计，
活生生倒在刺枪下。
血泊里，
他愤恨，恨这个世道和恶霸，
他悲叹，叹娘美从此身单影寡。

吞下泪水，忍住怒火，
复仇的烈焰在娘美心中迸发。
鼓楼里假意求助：
"谁为我葬埋珠郎，我便嫁给他。"

寨主暗暗高兴，
拼命把墓穴挖深，挖大。
娘美举起愤恨的锄头，

向着仇人的后背后脑猛砸……

残阳血红，哪里去找我的珠郎？
娘美犹似一只孤雁，
日夜在风雨桥上哀鸣；
芳草萋萋，哪里去听珠郎的芦笙？
娘美犹似一枝残荷，
再也经不起风吹雨打。

娘美化成了相思鸟，
悲悲戚戚唤郎归，
飞越天上人间，飞过海角天涯。

娘美变成了相思树，
年年发芽，开花，
只待珠郎采摘，历经春秋冬夏。

娘美变成了相思石，
情依依矗立在东山下，
只等珠郎相拥，拥在一起不怕乌云压。

据说，
珠郎终于回来了，

牵着娘美向仙山飞去，双双仙化。

2018 年 5 月于贵州省黔东南苗族侗族自治州

黎平县肇兴侗寨

进侗寨

千里来听侗族大歌，

人却被挡在寨门之外。

先饮酒，再唱歌，后进寨，

未进村先痴七分迷，剩下三分慢慢猜。

踏上风雨桥，情侣携手来，

汗水未揩，且把歌喉放开；

北桥美女歌声不断，飘飘绕绕，

南桥竖起一排芦笙，摇摇摆摆。

八角鼓楼另有一番气派，

唱侗家的文明，唱喜乐悲哀。

焚香袅袅，侗戏连台，

唱自由自在的日子，唱无拘无束的爱。

没有文字，却有传承，

珠郎与娘美的故事传唱了数代。

传唱侗家的勤劳，山寨常新，

传唱侗家的善良，正义常在。

我在德令哈数星星

寻一座酒楼小酌几杯，
踏进门槛，竟然淹没在侗歌之海；
姑娘牵住我的手，小伙搭住我的肩，
我欲罢不能，只得和上多声部节拍。

君不见侗家女清新似水，千姿百媚，
君不闻侗家歌千回百转，悠悠哉哉。
我当知，
丢歌不唱荒了夜，侗寨不入荒了爱。

2018 年 5 月于贵州省黔东南苗族侗族自治州
黎平县肇兴侗寨

322

哪里还有桃花源？

先人的足迹深深浅浅，
一篇诗文常留人间。
踏破山路，
只捡到几片残缺的花瓣；
吟一首七言，
告诉你这里芳草遍地，桑竹良田。

黄发垂髫，
已是远去的背影；
落英缤纷，
再也寻不到款款长衫。
我只得，
捧一篇《桃花源记》在林间咏诵，
辨识秦时阡陌，聆听汉时鸡犬。

此时，此间，
不必寻找负重的耕牛，
不必陶醉茅屋的炊烟。
君不见，
桃花源里稻浪翻卷，诗情画意，

桃花源外笙箫弦乐，高楼摩天；
夫唱妇随，自是欣然陶然，
男耕女织，共创美好家园。

先贤画了一处桃花源，
我的心里鲜活了无数桃花源。

2018 年 9 月于湖南省常德市桃花源

罗浮山，葛洪，屠呦呦

举目罗浮山，

万木葱茏，百药丛生；

且看天地灵气，

凝入每片叶，每朵花，每根藤，

采一把草即能止血，掐一根茎亦能治病。

紫气缭绕，

走来一位神人葛洪。

明泉暗流，危崖奇峰，

采撷百味药草，煮沸一座水井，

罗浮山炼丹炉四季通明。

吞食金丹飘然而去，

身后不见瘴痢，免疫天花，遏制寄生虫。

岁月漫长，却也匆匆，

诺贝尔医学奖正在表彰一位伟大女性。

她说，《肘后备急方·治虐》有记：

青蒿一握，煮水二升，绞取汁，尽服用；

神奇的青蒿素诞生，师傅是葛洪。

济世悬壶，

甘霖遍及非洲劳苦大众。

回眸罗浮山，
金丹求道，后人受益无穷，
成就诺奖，中华医学深邃，光荣。

2018 年 11 月于广东省惠州市博罗县

英雄树和四季桂

——写在叶挺将军故居

当你告别故乡飞离而去，扬鞭策马，
北伐"铁军"所向披靡，挥戈武昌城下；
当你在南昌城射出第一串子弹，
广州城内铁流滚滚，奋力厮杀；
我猜想，
你一定念起故乡的英雄树，
渴望巍峨茁壮，铁杆繁花。

当你冲开层层围堵，孤军奋战，
眼下硝烟弥漫，血肉横撒；
当你面对威逼利诱，监牢关押，
受尽枷锁缠身，皮鞭拷打；
我猜想，
你一定闻到故乡的四季桂，
馨香浸入肺腑，碧血丹心耀中华。

四季桂在故乡盛开，愈发芬芳，
英雄树在故乡眺望，更加挺拔，
故乡怀念远行的赤子，望断天涯……

2018 年 11 月于广东省惠州市惠阳区

致围屋

常念族人的荣耀，
常拜先人的灵位，
铭记祖先来时的路，
感怀祖先跋涉的累。
围屋，
客家人心的驻地，心的依偎。

筑客家人的奋勉，
筑客家人的智慧，
围屋克勤克俭，耕读兼备；
筑客家人的孝悌，
筑客家人的友恭，
围屋以善最乐，以德最贵。

不是钢筋水泥，
不是森严壁垒，
却是众志成城，风雨难摧。
任冷枪飞箭，恶棍土匪，
室内温酒煮茶，爷爷笑弯须眉。

谁说老屋摇摇欲坠，
分明守住千年文脉，
守住一片纯真纯美。

2018 年 11 月于广东省惠州市惠阳区

莲花山观景

莲花山巨树参天，
抵住风，抵住雨，抵住台风侵袭；
莲花山花开四季，
红透天，红透云，红透深圳大地。

放眼望去，是谁擎起楼群鳞次栉比？
低头聆听，是谁娓娓讲述春天的故事？
哦，络绎不绝的登山人，
有的青春年少，有的上了一把年纪，
人人付出汗水，付出些许气力。

植一株幼树，栽一丛花草，
为景区添秀，为城市增绿。
就让这株树伴着深圳的日新月异，
就让这丛花欣赏最高楼宇的年年更替。

攀上莲花山，
当填一阕古词，或写一首自由诗，
吟出幽深的古韵，唱出明媚的新意。
莲花山秀南粤大地景色迷人，

大鹏湾秀中华民族快速崛起。

深圳的莲花山，祖国的莲花山，
携群山奔向未来，坚定不移；
你听，
这里总有最美妙的乐曲，最铿锵的旋律。

2018 年 12 月 1 日于深圳市莲花山